***Jean-Pierre Buiche** est né dans un village près de Dieppe en 1939. Après ses études à l'école normale d'instituteurs de Rouen, il part enseigner en Algérie jusqu'en 1972. De retour en France, il se spécialise dans l'éducation des enfants en difficulté. Ce n'est qu'à sa retraite que lui vient l'envie d'écrire. Il obtient même un prix en 2004 au concours international d'écriture organisé par WriteMovies.com pour son roman* Une petite âme.

UNE PETITE ÂME

Du même auteur

Autres éditeurs

Gémeaux, semaine de tous les bouleversements

Terre de poche
45, rue du Clos-Four – 63056 Clermont-Ferrand cedex 2

Jean-Pierre Buiche

Une petite âme

de Borée
TERRE DE POCHE

I

Le regard

LOIN DÉJÀ, Pierre n'entend pas la lecture de la sentence qui se perd dans l'air ouaté du petit matin.

La salve a claqué. Il a perçu les coups secs. Des coups secs mais distincts. Les hommes qui ont exécuté cet ordre de mort ont-ils eu, à l'instant suprême, l'espace d'une seconde, l'horrible vision qu'on leur infligeait et qui ronge le cœur et les entrailles. Ont-ils hésité ? Les larmes ont-elles voilé leur regard ? Que reste-t-il dans leurs yeux, fixé à jamais ?

L'acier a percé sa chair. C'est bizarre, il lui a semblé ne rien ressentir. Un coup brutal dans la poitrine. Un coup brutal comme un coup de poing. Et puis cette brûlure et ce silence.

Quel silence ! Pierre a basculé en avant, dans la boue, lentement. Il était en équilibre. En équilibre entre cette terre-ci, et l'au-delà, sans doute. Cette terre-ci n'était pas sa terre, la terre qui l'avait vu naître, la terre qui l'avait élevé, qu'il avait aimée ; pourtant elle le recevait. Il ne sentait pas le froid. Il ne sentait pas la boue. Le froid et la boue l'avaient abandonné. Le bandeau qui masquait ses yeux enserrait ses pensées comme un étau. Les flocs d'un pas assuré se rapprochaient, c'était les seuls bruits qu'il pouvait encore percevoir avec ces cris de corbeaux que la guerre chasse et qui sont là, témoins impassibles de son malheur. Il sait que l'officier appuiera son pistolet sur sa tempe. Anselme a dit « dans l'oreille ». Anselme leur a dit comment ils seraient exécutés. Anselme sait tout. Était-il le seul à entendre encore les derniers bruissements de la vie ? Les autres étaient-ils déjà… passés ? Il sent le canon froid du pistolet. Le coup partira et il ne l'entendra pas. C'est ainsi… Anselme l'a dit.

Pourquoi était-il là ? Il a marché jusqu'ici, devant ce mur de ferme ; ce mur en ruines comme eux tous car ils sont en ruines, tous détruits, tous broyés. Il a marché comme un automate, raidi par la peur. Il grelottait mais ce n'était pas de froid. Il marchait le regard rivé sur le bout du chemin. Il lui semblait court, si court qu'il croyait qu'il avançait vers lui, qu'il se déroulait sous ses pas. Tu ne veux pas venir, qu'à cela ne tienne, je viens vers toi ! Et les deux hommes qui l'escortaient regardaient aussi vers le bout du chemin.

Ils savaient qu'ils allaient vers le mur de la ferme en contrebas, ce mur délabré, déjà crevé, ne retenant que les restes éclatés d'une toiture, des restes de charpente noircie par le feu, déchiquetée par la mitraille, ce mur qui dans un instant sera à nouveau meurtri. Pas une fois ils ont tourné leur regard vers lui. Il les sentait figés dans leur capote qui, comme la sienne, sentait la sueur, la fumée du feu de camp et la pourriture. Toutes les odeurs sordides étaient là dans ces capotes roides et lourdes. Ses pas étaient de plus en plus pesants. Ses camarades étaient derrière lui. Il les entendait parfois trébucher sur les pierres que quelques jours auparavant ils avaient entassées pour permettre le passage des véhicules. Ils avaient, sans le savoir, pavé leur dernière route.

Au bout du chemin, dans le vallon qui s'étend jusqu'à la route, les hommes étaient là, en carrés. Ils étaient arrivés avant eux. Ils étaient là pour assister à la sentence. On n'aurait jamais deviné qu'il y avait autant d'hommes ici, dans ce vallon, autant d'hommes silencieux et immobiles. Ils semblaient faux. Il n'a pas vu tout de suite le mur devant lequel on l'a amené. Il n'a pas vu tout de suite les douze hommes alignés devant lui, arme au pied. Son regard cherchait Arthur. Arthur son pays. Arthur, son seul lien avec son village. Ce n'était pas l'amitié entre eux, au contraire, mais lui seul pourrait raconter aux autres, à ceux de chez lui, aux siens. Il le cherchait du regard, comme s'il pouvait sauver quelque chose de sa pauvre vie. Pourtant il ne l'aimait pas. Il avait toutes les raisons de le haïr, mais lui seul pouvait emporter son dernier regard, son dernier souffle par-delà les plaines tristes et ravagées.

Pourquoi les deux hommes qui l'escortaient lui ont-ils bandé les yeux ? Il sait, Anselme leur a dit. C'est comme ça depuis toujours. Pourquoi bande-t-on les yeux des condamnés ? Veut-on leur éviter de voir l'inéluctable, l'horreur ou veut-on empêcher leurs bourreaux de se voir dans leurs yeux ?

Pourquoi les deux hommes, ensuite, ont-ils posé leur main sur ses épaules et l'ont fait mettre à genoux, là, dans la boue ? Anselme ne l'avait pas dit. Il n'avait pas dit que les condamnés sont fusillés à genoux, face au peloton d'exécution. Il avait dit qu'en Italie, les traîtres et les déserteurs étaient fusillés dans le dos… Il avait lu ça quelque part. Il avait lu aussi qu'un peloton avait refusé d'exécuter l'ordre et qu'ils avaient tiré en l'air. Croit-il que cela va se produire ainsi ? Le croit-il ?

Lui ont-ils accroché un carré rouge à l'emplacement du cœur ? Il ne sait pas… Il a attendu combien de temps ? Il ne sait pas… Il courait dans l'herbe folle de leur prairie. Il courait en criant à tue-tête. Juliette aussi courait. Père les gronderait sans doute de coucher l'herbe car ils la rendaient plus difficile à faucher. Et puis ils allaient vers le bout de la prairie, là où commence le verger du père Vallin. Ils convoitaient ses cerises écarlates, gorgées de sucre et de soleil. À leur arrivée les merles gourmands et les moineaux voleurs s'envolaient en piaillant. Il entend encore le froufrou de leurs ailes affolées et les cris de mécontentement des merles. Juliette voulait toujours monter dans l'arbre. Il l'aidait. Il se sentait empoté. Elle était pourtant légère. Il la tenait par la taille. Il sentait son corps tout chaud, ferme et frémissant, plein de vie et de promesses. Elle redescendait et lui mettait des cerises en boucles d'oreilles ; elle faisait de même en éclatant d'un rire qui effrayait encore les oiseaux. Il goûtait alors les cerises en frôlant sa joue et en respirant le parfum de sa peau si douce. C'était le bonheur ; c'était l'année de leurs quinze ans. Ce serait bientôt le 14 juillet. Leurs regards ne se lâchaient plus. Ils s'étaient rivés l'un à l'autre depuis ce jour où, passant devant chez elle, il lui avait proposé de l'aider à détendre le linge. Il avait remarqué qu'elle levait les bras le plus haut qu'elle pouvait pour ne pas laisser traîner les draps par terre. Leurs doigts s'étaient frôlés. Il avait osé lui demander de venir danser sur la place du village. Il ne restait que quelques jours qui lui semblaient interminables. Il s'endormait en pensant à elle. Il la voyait partout et parfois, oh malheur !... Il ne retrouvait plus les traits de son visage. Il avait beau fermer les yeux pour rassembler toutes ses pensées ; il l'avait perdue. Et puis, bonheur immense, elle revenait. Il retrouvait son sourire et le bleu de ses yeux, bleu comme le ciel des soirs de bel été.

« Juliette, où es-tu ? Auras-tu ma lettre ; cette lettre que l'on fait écrire ; la dernière lettre. »

Le soldat qui était en faction devant la porte de leur cellule leur avait tendu un papier et un crayon : « Tenez, le chef a dit que c'était pour écrire à votre famille ! » Anselme a prévenu : « Ne dites rien qui pourrait déplaire à nos chefs. Ils liront nos lettres et si vous voulez qu'elles soient remises à vos parents… » Il ne finit pas sa phrase mais ils avaient saisi ce qu'il voulait dire.

« Alors, Juliette, cette lettre, tu la trouveras bien quelconque, mais j'y ai mis, cachées derrière les mots, toutes mes pensées tendres, tout l'amour que j'ai pour toi. Je sais que tu comprendras. Je ne sais même plus ce que je t'ai dit, tout est flou, tout est trouble. Je ne t'ai pas parlé de l'enfant que tu portes. Ce n'est pas que je n'y pense pas. Cela taraude mon esprit depuis que je sais que je vais mourir. Si c'est une fille, je le souhaite, car elle n'aura pas toujours mon nom ; mais si c'est un garçon, il devra subir la honte. À la douleur s'ajoutera le déshonneur. Je n'ai pu me détacher d'Arthur à l'instant où l'on me bandait les yeux. Je m'en veux d'avoir pensé à cela plutôt qu'à toi, mais entre lui et moi il y a une longue histoire que lui seul connaît. J'ai pensé qu'il saurait, peut-être, dire combien ce qui m'arrive aujourd'hui est injuste. S'il est devenu un homme. Je ne peux pas éloigner cette pensée. Lui seul pourrait dire à tous ceux qui me connaissent que tout cela est injuste, que je suis mort courageusement, que je suis une victime, comme les autres, comme tous les autres. Juliette, ces pensées t'ont éloignée seulement un instant de moi, mais c'est pour toi, pour notre enfant, pour notre famille. Vous vivrez dans la honte et Père ne s'en remettra pas. J'ai accepté l'assistance de l'aumônier, pour Mère. Elle croyait en un monde meilleur. L'a-t-elle trouvé ? Je n'ai pas voulu la décevoir. Cette pensée m'a aidé sans doute à franchir les derniers mètres de mon chemin. La retrouverai-je ? Je ne sais pas si je t'ai dit tout cela dans ma lettre. Je ne sais pas, je ne sais plus… Je sais seulement que c'est tout ce que j'aurais voulu t'écrire. Tends-moi les bras, Juliette, tends-moi les bras. »

Il est loin déjà, attendant Juliette, suspendu à l'espoir qu'elle le serre encore et encore dans ses bras.

Trois coups, séparés, nets et terriblement froids dans le petit matin ont scellé à jamais le sort de ces trois hommes. Le vallon retrouvait le silence. Les corbeaux une fois de plus dérangés revenaient sur les peupliers déchiquetés. Les hommes, en colonne, défilèrent devant les corps et regagnèrent le cantonnement par le chemin mal empierré. Leurs pas étaient lourds. Le silence de ces hommes était écrasant. Ils avaient contenu leur cri de révolte, ce cri qui les aurait délivrés de l'horreur et de l'absurde.

Ils marchaient lourdement, accompagnés du cliquetis de leur attirail et du bruit sourd de leur pas sur les pierres mal assemblées du chemin. Ils trébuchaient et faisaient partir d'un coup sec des cailloux qui roulaient dans un tintement de désolation. Ils n'osaient se regarder ; leur douleur était extrême. C'est leur propre mort qu'ils venaient de regarder en face, dans un silence qui explosait dans leur tête et dans leur ventre.

« Arthur ! Arthur ! » Arthur se sentit trébucher. Ne venait-on pas de l'appeler ? Il connaissait cette voix ; il ne l'avait pas entendue souvent mais il y restait encore un accent du pays, un accent de l'enfance. Alors il vit Pierre. Ils étaient encore à l'école. C'était la dernière année ; l'année du certificat. Il entendit cette voix dire : *« Arthur ! Dis au maître que ce n'est pas moi !... Dis-le Arthur. Pourquoi tu me laisses accuser ? Pourquoi ?... C'est pas juste ! »*

Un frisson lui parcourut l'échine et il trembla un peu plus. Ils tremblaient tous. Leur souffle dans l'air frais du matin formait de petites bouffées de fumée. Arthur aurait voulu se moucher.

Il renifla, s'essuya avec le revers de sa capote… Un peu plus, un peu moins ! Il était loin de penser à cela. Pierre semblait marcher à ses côtés et voulait obtenir qu'il se dénonce au maître. Il savait que Pierre savait. Toute la journée Pierre marcherait à ses côtés, toute la journée et peut-être plus…

Sa faute avait-elle été si grave que ça ? Enfant, il n'en mesurait pas la portée. Il pensait même avoir oublié, oui, oublié. Quand il avait retrouvé Pierre à la compagnie, ils s'étaient serré la main comme deux « pays » comme disent certains gars. Ils étaient du même village. Bien sûr ils ne s'étaient guère fréquentés et le hasard les menait sur le même chemin de misère. Ils se sont levés ensemble pour aller à l'assaut. Ils ont plongé ensemble dans les trous pour éviter la mitraille et maintenant il marchait seul. Du moins le croyait-il vraiment ?

Il se dit qu'il faudra penser à autre chose ! Il savait qu'en retournant au front il n'aurait plus à penser à Pierre et il se dit qu'après tout, tant qu'il y pensait, c'est qu'il n'était pas au front. Il essaya de mettre de l'ordre dans ses souvenirs, ceux-là même qui revenaient brusquement, des souvenirs qui ne lui avaient pas franchement échappé, même avec le temps. Ils étaient bien en place dans sa mémoire, bien tapis, bien cachés. Il les avait toujours étouffés. Il n'avait d'ailleurs jamais eu à s'en expliquer, non. C'était une affaire classée. Un vol dans la classe... dans la poche de la veste du maître... dans le portefeuille qui se trouvait dans la poche de la veste du maître. Tout était clair dans sa tête. Tout avait toujours été clair. Il revoyait le corridor menant aux classes. C'était la récréation de l'après-midi. Tous les élèves étaient dans la cour sauf Pierre qui était de service et lavait soigneusement le grand tableau noir. Chacun mettait le plus grand soin à laver le tableau. C'était à qui ferait le meilleur travail, laisserait le moins de traces. Il fallait plusieurs passages, et dans un sens, et dans un autre. L'eau dégoulinait dans les manches qu'on oubliait souvent de retrousser. C'était toujours une déception ; au séchage, les traces de craie réapparaissaient et c'était la honte. Tous les regards convergeaient vers l'élève de service ; celui qui, c'était l'évidence, avait fait un mauvais travail.

Ce jour-là le maître avait écrit une récitation, avec encore plus de soin que d'ordinaire : un poème de Victor Hugo, que les élèves avaient recopié avec application. Pierre avait demandé : « *J'efface, monsieur ?* » Arthur l'entend encore, et il entend surtout un passage, la fin terrible : « l'œil était dans la tombe et regardait Caïn... » Il se souvient de cela car le maître, en rentrant, voyant que quelques traces subsistaient sur le tableau, répéta en le désignant, pour les amuser peut-être ou pour illustrer à sa façon le texte : « l'œil était dans la tombe et regardait Caïn… » Cette journée aurait pu être comme une autre si, au moment de s'asseoir à son bureau sur l'estrade dont les plaintes se faisaient chaque jour plus précises, il n'avait avisé son portefeuille, ouvert, entre la chaise et la corbeille à papier.

L'interrogatoire qui s'ensuivit fut un drame pour la classe entière. Quelqu'un avait osé voler le maître, quelqu'un de la classe bien évidemment. Le maître voulut savoir quand cela s'était passé, à l'instant, ou le matin ? Il fallait trouver le coupable. Pierre était de service pour la journée. Il était dans la classe. Il était seul. C'était sans nul doute lui. Pierre eut beau se défendre, il ne pouvait rien prouver. Il avait longuement regardé Arthur qui était resté de glace. Il avait même essayé d'expliquer que, pour laver le tableau, pour qu'il soit irréprochable, il était allé rincer le chiffon plusieurs fois. Il avait fait remarquer que la fontaine était dans la cour et que pendant ses deux ou trois allées et venues quelqu'un avait pu entrer dans la classe. Rien n'y fit.

Arthur se récitait cette histoire. Il en connaissait tous les détails. Il savait que Pierre aussi s'était sans doute souvenu de tout cela jusqu'à sa mort. Il lui demandait des comptes aujourd'hui, des comptes avec ses souvenirs, des comptes d'enfance blessée et certainement meurtrie par cette vilenie. Le souvenir était d'autant plus fort qu'il y avait cette phrase terrible. Pierre avait vu Arthur avec du bois dans les bras. Il allait de classe en classe pour alimenter les poêles. En effet, étant le fils du patron de la scierie voisine, il apportait chaque jour une brouette de bois et avait acquis, ainsi, l'honneur de garnir les foyers. Il entrait et sortait quand bon lui semblait pour s'acquitter de sa tâche et il était dispensé de tout autre service.

Arthur avait soutenu le regard de Pierre mais il y avait lu la blessure que son honneur de gamin faisait taire. Pierre était accusé injustement par le maître… Personne ne l'avait « dénoncé » car c'était l'évidence… Alors il se tairait.

Arthur a vu Pierre, l'instant avant qu'on lui bande les yeux, lancer des regards dans tous les sens. Il a su qu'il le cherchait… Maintenant il sait pourquoi. « Il » est là, à côté de lui. Il sent sa respiration… Il regarde droit devant lui. S'il ne marchait pas, on l'eut pris pour une statue.

« Arthur… ! Arthur ! » À nouveau Arthur entendait cette voix et la question : *« Arthur ! C'était toi ? Je sais bien que c'était toi ! Dis-le Arthur, dis-le ! »*

Pierre, accusé par le maître, avait été sermonné de belle manière et sommé de rendre l'argent. Le maître l'avait même menacé de faire venir les gendarmes. Il avait dit au maître *« Fouillez-moi monsieur, Fouillez-moi. Je n'ai pas volé, je n'ai rien sur moi… ! »*

Arthur entend encore la réponse du maître comme une trappe qui s'ouvrait sous ses pieds : « Je ne suis pas gendarme ! Et puis, si cela s'est passé ce matin, tu es allé chez toi depuis ; l'argent, tu ne l'as plus sur toi ! »

Cela se passait un samedi et Pierre avait trouvé le moyen de rendre l'argent volé au maître dès le lundi matin. Pour cela il avait « subtilisé » trois lapins dans le clapier de son père pour les vendre au marché du village voisin, qui se tenait le dimanche. Il avait inventé une histoire de clapier mal fermé et de renard. Le renard avait, fort heureusement, mangé aussi des poules chez le voisin.

« Arthur ! Arthur ! Dis-le que c'était toi ! »

II

Juliette

TROIS COUPS, séparés, nets et clairs dans le petit matin, et, dans ce petit village de Normandie, Juliette qui pousse un cri à lui déchirer la poitrine, un cri d'effroi. Elle a posé sur la table la bouteille de cidre qu'elle était allée remplir au cellier pour préparer le casse-croûte du père. Aujourd'hui il va à l'autre bout du village et il y passera la journée. Juliette s'est appuyée d'une main sur la table et de l'autre elle soulage son gros ventre de future mère. Ce cri n'est pas un cri de douleur annonçant l'imminence de l'accouchement, non.

« Pierre, c'est toi ? Qu'y a-t-il, Pierre ? Qu'y a-t-il ? » Elle entend le bruit caractéristique de la porte que l'on pousse et qui frotte sur le sol. Ce bruit est une plainte et Pierre en est toujours la cause. *« Mais non elle ne grince pas cette porte, mais non… ! »* Elle s'entend lui dire : « Pierre, cette porte fait chaque jour un peu plus de bruit quand c'est toi qui l'ouvres, parce que tu t'entêtes à ne pas vouloir la soulever un peu pour la soulager ; seulement un peu… C'est pas sorcier… ! D'ailleurs il faudra changer la poignée car elle est tordue et va lâcher. Celui à qui cela arrivera se blessera, c'est sûr ! » « Mais non, petite sotte ! » Elle l'entendait dire cela en la regardant avec une envie folle de l'embrasser, de l'emmener dans l'autre bout de la longère, là où le père les avait installés quand ils s'étaient mariés. Elle lisait cela dans ses yeux et, chaque fois, elle se prêtait avec empressement à ses désirs. Elle s'essuyait promptement les mains à son tablier qu'elle détachait tout en se précipitant vers lui. Sa poitrine se soulevait de joie intense. Elle rayonnait, elle était à lui.

Elle aurait voulu ne penser qu'à ces moments-là mais quelque chose, à l'instant, emplissait son cœur d'angoisse et de peur, une peur irrépressible qui paralyse et fait défiler le temps, les personnes, les choses dans tous les sens, tout ensemble, dans une ronde infernale que l'on ne peut arrêter.

Elle revenait à ce bruit de porte. Elle entendait Pierre qui disait : « Mais non, petite sotte ! » Elle sentait une chaleur l'envelopper, comme lorsqu'il la prenait dans ses bras, en arrivant, alors qu'elle lui tournait le dos, affairée à tisonner la cuisinière. Et il disait, le sourire dans la voix : *« Ah ! Ah !… Si le feu ne brûle pas, la soupe ne sera pas prête pour le petit mari… ! »*

« Où es-tu Pierre ? » Elle a dit cela à haute voix. Le petit a bougé dans son ventre. C'était la première fois. Elle a posé sa main pour le toucher. « Eh bien ! Si c'est un gars, on l'appellera Pierre ! » Elle était contente de sa trouvaille. Elle se disait que ce n'était pas courant qu'un bébé réponde à un prénom en étant encore dans le ventre de sa mère ! Ceci l'avait rassérénée pour un instant, mais aussitôt l'inquiétude reprenait le dessus.

Elle se rappelait ce qu'Hortense, sa belle-mère, disait peu de temps avant de mourir : « Oui ma fille, quand mon cadet, le Lucien, a été tué, je l'ai su… au moment précis… comme ça… un grand déchirement… et je l'ai vu… Eh bien !… c'était ça ! Quand les gendarmes sont venus, eh bien c'était vraiment la date. Moi, j'y crois à ces choses-là, moi j'y crois ! »

Juliette restait immobile devant la table. Elle n'avait pas bougé depuis qu'elle était revenue du cellier et avait posé la bouteille de cidre en poussant ce grand cri d'effroi. Quelle heure était-il ? Six heures ! Le père allait revenir de l'étable avec son seau de lait. Elle devra prendre la suite… finir de traire peut-être, et ensuite passer le lait et écrémer ce qu'il restera de lait après que les clients seront venus. Il n'y a pas beaucoup de clients le matin… il n'y a pas beaucoup de lait non plus.

Le père a porté le seau de lait dans la laiterie. Il est rentré dans la cuisine en s'essuyant le front.

Quand elle le voit faire ce geste, Juliette entend sa belle-mère : « Il ne fait pourtant pas chaud mais lui, il est toujours en chaleur… »

— Ce matin, tu n'auras pas à finir la traite… y a qu'un seau… et encore… Il me tarde que la guerre finisse et que le fiston rentre pour m'aider… J'me fais vieux !

Juliette a eu un pincement au cœur. Elle a pensé : « Pourvu qu'il ne nous porte pas malheur avec des pensées pareilles ! »

Elle a tourné la tête du côté de la porte, là où Pierre se plaçait lorsqu'il entrait, là où elle mettait le paillasson pour qu'on s'essuie les pieds. Il se montrait toujours respectueux de cette exigence de sa femme.

« Tu t'essuies les pieds en entrant ! »

Pourquoi a-t-elle tourné la tête comme si Pierre venait d'entrer ?

« Juliette ! Ma Juliette… ! Tu vois, je t'obéis… J'essuie mes pieds en entrant ! Et toi ? M'obéis-tu ? »

Elle l'entend, il va encore dire une bêtise, une bêtise comme il sait les dire. Alors elle entend la suite, une suite toujours fantasque mais parfois si tendre, tellement tendre qu'elle ne s'en lasse pas : *« Eh ! bien… obéis-moi : viens m'embrasser ! »* Alors elle lui dit :

— C'est tout ?

Pourvu que le vœu du père soit exaucé et que Pierre revienne vite !

III

Des fleurs sur les tombes

ARTHUR SE BALADE la gamelle à la main. Il a l'air hagard. Cela passe inaperçu car les conversations ont du mal à démarrer. Les hommes ont dans les yeux et dans les tripes les événements de ce matin. Il n'est que 8 heures. Dans le vallon, on a retiré les corps des suppliciés. On a fait trois trous pour les enterrer. Il a été ordonné de ne mettre aucun signe particulier pour signaler les sépultures ; aucun... L'aumônier n'a pas eu gain de cause... Même pour celui qui avait recommandé son âme à Dieu. Aucun.

Les hommes qui sont revenus de la corvée de mise en terre n'ont pu s'empêcher de dire :

— On les a enterrés comme des chiens !

— Même pour mon chien, j'ai mis une pierre !

Ils se regardaient et la révolte qui, quelques heures durant, avait donné la force de se dresser et de braver la folie de la guerre était retombée.

Des soldats français avaient tiré sur des soldats français.

Au rassemblement de ce matin-là, un officier avait demandé des volontaires sachant manier la hache et la scie pour récupérer du bois afin de consolider les casemates. Arthur, dont on savait qu'il travaillait avec son père dans une scierie, fut chargé d'organiser le chantier. Il lui restait à choisir où trouver le bois et, sans avoir à réfléchir longtemps, il désigna le bois de peupliers, au fond du vallon où reposaient Pierre et ses deux compagnons.

Il avait pu occuper son esprit à rassembler l'outillage quelconque et bien loin de celui qu'il avait l'habitude de manier. Il ferait avec... En cheminant vers le vallon, à nouveau, il sentit la présence de Pierre. Il ne lui parlait pas mais il était là, bien proche. Il avisa une pierre un peu plus plate, un peu plus ronde, un peu plus blanche aussi. Elle n'était pas comme les autres. Elle semblait s'être écartée du chemin pour marquer sa différence. Arthur se baissa pour la ramasser. Elle n'était ni bien lourde ni bien grosse. Il la garda à la main comme on porte une miche de pain. Personne n'avait remarqué son geste. Arrivés dans le vallon, là où les peupliers déchiquetés entrecroisaient leurs pauvres squelettes, les hommes se répartirent pour dégager les pièces de bois récupérables. Arthur s'éloigna un peu et se dirigea vers les trois monticules de terre fraîchement retournée. Au hasard il choisit l'un d'eux et posa la pierre qu'il tenait à la main. Il choisit la première tombe car il pensait que les hommes avaient respecté l'ordre dans lequel ils étaient placés devant le mur. C'était sa logique à lui. Il se prit soudain à penser que ce n'était pas du tout l'évidence. Il se dit alors que chaque jour que durerait le chantier il ramasserait une pierre et la poserait sur les monticules de terre. À chaque fois sur un monticule différent, pour ne pas se tromper. Il choisirait les pierres les plus plates et les plus rondes. Il en ferait une réserve dans un coin de la cour, en cachette. Il voulait s'acquitter de cette tâche, seul. Il s'en faisait un devoir. Ainsi, il erra dans le cantonnement, la tête baissée, à la recherche du moindre caillou plat et rond qu'il glissait dans la poche de sa capote. D'autres avaient-ils vu son manège et remarqué que les monticules, au fil des jours, se couvraient de cailloux ? C'est fort possible car il lui sembla qu'il y avait beaucoup plus de cailloux qu'il n'avait pu en déposer. Personne ne disait rien à personne. Alors, il se sentit fort d'avoir été le premier.

Au fil des jours un chemin s'était tracé serpentant dans le vallon et se dirigeant vers les trois tombes. Ce n'était pas le chemin le plus direct pour aller vers le chantier de coupe mais pas un homme ne s'écartait de ce mince ruban cheminant dans la prairie. Puis, un jour, un bûcheron de fortune déposa une fleur entre les cailloux ; une fleur sur chaque tombe. Arthur en fut heureux, heureux et fier des hommes qui composaient son équipe de bûcherons de fortune.

Au fil des jours aussi les tombes fleurirent. On ne voyait pas les hommes cueillir les pauvres fleurs sauvages, mais elles se retrouvaient comme par miracle, plantées entre les cailloux. Puis, assemblées avec soin, les hommes plantèrent des croix de bois en totale désobéissance aux ordres donnés. Il était aisé de deviner où ces croix avaient été réalisées, mais personne n'en parlait. Et un jour, trois petites plaques de cuivre, martelées et gravées de cette simple inscription : MORT EN BRAVE furent clouées au centre des croix.

Arthur avait eu cette idée et, en secret, il avait découpé dans des douilles d'obus les trois morceaux de métal qu'il avait façonnés et gravés patiemment.

Pierre est toujours à ses côtés. Il ne dit rien mais semble acquiescer… il lui semble qu'il sourit. Ils sont là, ensemble dans la cour de l'école. Ils jouent aux billes et Pierre a gagné. Il est heureux. Il tend la main et Arthur égraine les billes une à une, des billes précieuses, des agates que Pierre regarde comme un trésor. Arthur en achètera d'autres, que Pierre ne peut s'offrir qu'en les gagnant. Le jeu de billes était le moment le plus précieux qu'ils aient jamais partagé. C'est du moins celui qu'Arthur garde comme tel. Un jeu de billes qui se prolongeait le soir après la classe, sur le trottoir et sous le réverbère car c'était un jeu que l'on commençait à l'automne et qui se prolongeait jusqu'à l'hiver. Les doigts étaient gourds et sales. Pierre était adroit. Arthur perdait avec grâce.

Arthur se sentit soudain heureux d'avoir perdu aux billes.

IV

Mort à l'ennemi

LE CHIEN A ABOYÉ et Juliette est allée voir à la fenêtre ce qui pouvait exciter ainsi la pauvre bête. Un homme était au portail qu'elle reconnut tout de suite. C'était M. le maire. Il était engoncé dans un costume noir un peu trop ajusté. Il était sinistre et Juliette fut traversée par un horrible pressentiment. Elle ne put faire un geste. Elle était pétrifiée.

L'homme, voyant qu'on ne venait pas lui ouvrir, avait poussé le petit portillon et s'avançait dans la cour. Magloire, le chien, aussi vindicatif qu'il pouvait être à certains moments et pour certaines personnes, s'était réfugié dans sa niche. Le maire était devant la porte. Il tenait un papier à la main. Juliette avait ouvert la porte, et, pleine de crainte, attendait.

En ôtant son chapeau qui lui donnait un air sévère, il dit à Juliette :

— Ma petite, je suis profondément triste de t'annoncer la mort de Pierre.

Et puis il ajouta en lui tendant le papier qu'il tenait à la main :

— Il est mort à l'ennemi.

Juliette ne comprit pas tout de suite ce que le maire venait de lui dire. Elle n'a pas pleuré. Elle n'a pas gémi. Elle n'a rien dit. Elle a pris le papier que lui tendait le maire. Elle l'a longuement regardé. Elle a lu et relu ce qui était écrit. Elle n'a pas compris. Elle n'a pas voulu comprendre. Elle n'a entendu, elle n'a lu que : « Pierre ! »

Le maire, après lui avoir dit combien il était triste et affligé, s'en était allé. Elle l'a regardé s'éloigner. Elle a regardé une fois encore le papier et, le pliant soigneusement, elle l'a glissé dans la poche de son tablier, près de son ventre, près de ses entrailles lourdes qui portaient l'enfant de Pierre.

Le chien, qui n'avait pas quitté sa niche, poussait des petits gémissements. Juliette était restée sur le pas de la porte. Le maire s'éloignait lentement, accablé par la tâche que son rôle de premier magistrat de la commune lui faisait tenir.

Juliette n'avait pas bougé. Elle avait suivi des yeux la silhouette du maire jusqu'au plus loin qu'elle avait pu. Il avait disparu au bout du chemin comme s'il emportait la vie avec lui, la vie de Pierre, et sa vie aussi. Elle a serré contre son ventre, le papier qu'elle avait glissé dans la poche de son tablier. Plus rien maintenant ne pouvait avoir d'importance que ce qu'elle enveloppait entre ses bras, dans un sanglot qui montait et paralysait son esprit et ses membres, plus rien que cette lettre et cette vie qui palpitait en son sein. Elle prit conscience que cet enfant était devenu, à cet instant, le dépositaire de son amour et de sa vie.

Clémence, la voisine, avait attendu que le maire disparaisse au bout du chemin pour traverser et venir aux nouvelles. Elle se doutait bien de quoi il s'agissait. Son mari était au front et, comme toutes les femmes du village, la venue du maire était la marque de la mort. Sa seule silhouette, à la porte d'une maison, sonnait le glas.

Clémence poussa la porte de la maison de Juliette. Elle y était comme chez elle et parfois cela était difficile à supporter pour Juliette qui aurait souhaité un peu plus de délicatesse et de discrétion. Clémence, toujours prompte à lui rendre service, ne se rendait pas compte que parfois elle l'étouffait.

— Alors... Juliette ? C'est le maire qui est venu... Qu'est-ce qu'il te voulait ?

Elle disait cela sans vraiment réfléchir et Juliette se demandait si quelquefois elle réfléchissait vraiment. Alors elle répondait de façon tout à fait absurde elle aussi.

— Oui ! C'était le maire !

— Et Alors ? C'était pourquoi ?

— Pour me donner un papier !

Clémence se trouvait sans réponse et, triturant son tablier, elle avait esquissé un mouvement de repli.

Juliette, sentant que de toute manière ce qu'elle savait tout le monde le saurait le lendemain, ajouta :

— Le maire est venu me dire que Pierre était mort !

Clémence, qui se doutait bien de la chose, poussa un cri qu'elle étouffa avec son tablier.

— Ma petite, ma petite… ! Oh ! ma petite…

Elle avait pris Juliette dans ses bras mais Juliette ne prenait pas cela pour de l'affection. Elle subissait cela comme de la compassion de circonstance… Elle sentait, à travers les paroles de Clémence, que celle-ci, apercevant peut-être le maire sur le chemin, avait été soulagée qu'il ne s'arrêtât pas chez elle… Elle ne lui en voulait pas ; c'était humain ; c'était le lot de tous. Elle ne savait rien de ce qui se passait au front. Les soldats eux-mêmes ne sont-ils pas indifférents à la mort qui les entoure lorsque celle-ci les a épargnés… épargnés pour un temps ? Le jeune frère de Pierre n'avait pas eu beaucoup de chance et, lorsque les gendarmes étaient venus prévenir les parents, elle sait bien qu'elle avait eu, malgré la douleur, un mauvais réflexe de soulagement : ce n'était pas Pierre.

« Juliette !... Ferme donc la porte et viens dans mes bras... ! »

— C'est toi, Pierre ?

Elle avait parlé à voix haute. Elle ferma la porte, machinalement, comme si elle obéissait à la demande qui lui avait été faite. La maison était silencieuse ; elle resta un moment perplexe, se demandant si elle n'avait pas simplement rêvé éveillée ou si elle ne perdait pas tout simplement la tête. Elle ne cherchait pas d'explication. Son cœur battait seulement un peu plus vite, un peu plus fort.

Il fallait reprendre son ouvrage car le père n'allait pas tarder à rentrer. Elle appréhendait cet instant. Saurait-elle lui annoncer ? Elle s'entendait lui dire « Père... ! Pierre est mort... ! » en marquant une très longue pause pour se donner la force de prononcer « Pierre est mort ! » Elle savait qu'il lui faudrait beaucoup de force. Les sanglots montaient en elle, secouaient son ventre lourd.

V

Retour au pays

Arthur avait obtenu enfin une permission. Il quittait presque à regret le cantonnement. À force d'attendre, il arrive qu'on n'espère plus. Il s'était réfugié dans les tâches répétitives qui étaient devenues son quotidien « d'embusqué ». Avec les quelques hommes qu'on lui avait confiés, il avait mené son chantier de récupération de bois comme il l'aurait fait dans le civil. Il avait presque oublié la guerre ou du moins il vivait avec, comme une histoire qui ne le concernait pas, qui ne le concernait plus. Avec ses hommes il avait aussi, jour après jour, honoré les tombes de leurs malheureux camarades. Il appréhendait de devoir affronter les questions au village.

Il faisait déjà en pensée le voyage du retour vers le village. Il arriverait à la gare de Dampierre et gravirait la colline par les raccourcis ; ceux-là mêmes qu'ils empruntaient, Pierre et lui.

Ne cherchait-il pas simplement le moyen de retarder le moment des rencontres ? Les raccourcis n'étaient fréquentés que par les enfants car les passages étaient étroits et mal entretenus. Nulle personne sensée ne se serait risquée entre les haies d'épineux avec un quelconque bagage. Il savait qu'il arriverait au calvaire. Il s'y arrêterait. Ce calvaire était souvent leur point de ralliement lorsque enfants ils partaient à l'aventure dans le bois du Défens ou les broussailles du Bel Air.

Ce temps de l'enfance avait été bien court et il était si proche… Quelques années, six ou sept tout au plus. Ils étaient devenus si vite des hommes et la guerre était venue pour les faire devenir vieux. Il y réfléchissait et comptait les années. Il refaisait son histoire ; à quatorze ans Pierre et lui étaient déjà au travail : lui avec son père, Pierre chez le père Périer qui polissait le verre dans son moulin dans la vallée. Il réalisait les verres d'horloges et d'appareils de mesure. Arthur était entré dans le moulin avec Pierre au temps où ils étaient inséparables. Ils allaient pêcher dans la rivière et profitaient que le père Périer était toujours enfermé dans son atelier pour « braconner » derrière les vannes du moulin. Ils décampaient lorsqu'ils n'entendaient plus le bruit strident de la meule… Un jour cependant, le père Périer les avait surpris et avait levé une vanne. L'eau était montée d'un coup et ils en eurent jusqu'à la poitrine. Ils avaient eu une belle frousse. Le père Périer, qui avait fait semblant de ne pas les avoir vus, avait bien ri et en avait parlé au café le soir même.

Le voyage s'était déroulé comme il l'avait imaginé ; du moins l'arrivée à la gare de Dampierre et la montée au village. Au calvaire, il avait fait une pause. Il avait retrouvé le vieux bloc de grès qui leur servait de banc. Il était envahi par les ronces et le lierre. Alors il prit un bâton et s'en servit comme d'une faux pour dégager la pierre. Il était resté un moment immobile devant le banc.

« *Eh bien ! J't'attends depuis un bon quart d'heure !* »

Pierre parlait comme ce jour où ils avaient décidé d'aller poser des pièges à grives en lisière du bois.

Alors il s'était assis à sa place habituelle sur ce banc ; la place de Pierre restait libre. Quiconque l'aurait observé, assis sur cette pierre, n'aurait pas manqué de remarquer qu'il n'occupait que le bout du banc alors qu'il aurait pu s'y installer au milieu, naturellement, puisqu'il était seul. Ou bien alors il aurait pensé qu'il attendait quelqu'un ?

Combien de temps était-il resté là ? Il s'était grisé de l'odeur des foins fraîchement coupés. La campagne était chaude de l'été naissant. Une averse soudaine exhalait des senteurs qu'il croyait avoir oubliées : l'humus des sous-bois, l'herbe mouillée, le chèvrefeuille… et ces bruits qui lui revenaient : le chant des oiseaux que le bruissement des feuillages accompagnait si joliment et, venant de la ferme voisine, les piaillements de volailles en lutte pour un ver ou quelques graines, le cri des oies toujours en éveil, le choc métallique d'un outil qui résonne et bondit dans l'air pur. Arthur écoutait surtout les oiseaux. Il aurait voulu les reconnaître comme Pierre savait le faire, en écoutant leurs chants.

« C'est un pinson des arbres… Écoute Arthur !… Écoute ! »

Il ne les reconnaissait même pas lorsqu'ils se posaient tout près, alors comment reconnaître leur chant ? Mais il aimait celui-ci.

« Arthur ! On va rentrer maintenant ! »

Pierre était toujours sage et savait finir un jeu.

Arthur s'était levé. Il marchait vers le village d'un pas régulier, le pas d'un « poilu » rompu aux longues marches, aux consignes, aux ordres. Pour un temps, il avait cessé de se poser des questions. Il n'avait plus d'hésitation, il allait d'un bon pas.

Il savait qu'il passerait tout près de chez Pierre. Il se donnerait le temps d'aller voir Juliette, plus tard. Oui, un peu plus tard… Il espérait cependant que celle-ci serait dans son jardin ; ainsi il n'aurait pas à faire la démarche ; cela serait naturel ; il s'arrêterait ; ce serait facile ; plus facile que de venir frapper à sa porte.

À mesure qu'il s'approchait de la maison de Juliette, cette éventualité, qu'il s'était mis à espérer, se transformait en crainte et le courage de l'affronter l'abandonnait. Il voulait s'en remettre au destin qui saurait faire le choix à sa place. Il essayait donc de se trouver là, sur ce chemin, par hasard, tout à fait par hasard. Saurait-il feindre l'étonnement ?

Pour l'heure il marchait. Un instant, il eut l'impression qu'il n'était pas seul sur ce chemin. Le bruit de ses godillots sur les cailloux l'avait replongé à mille lieues, au milieu de ses compagnons. Il avait un instant oublié le paysage qu'il retrouvait et dont chaque détail évoquait des souvenirs heureux.

Il passerait bientôt près de la vieille ferme en haut du vallon. Il allait souvent se réfugier dans le grenier de la grange ; la seule partie encore en bon état. La ferme avait brûlé et la grange avait miraculeusement été épargnée. Il avait commencé à y aller seul tout de suite après cette malheureuse affaire de vol à l'école. Il venait là, s'installait sur le plancher du grenier de la grange, devant la porte par laquelle on jetait les bottes de foin ou les gerbes de blé, il se couchait sur le ventre, la tête dans les mains. Il attendait, le regard perdu dans le vague.

C'est ainsi qu'un jour, il avait été surpris par les rires venant du chemin creux, le chemin qui descendait vers la ferme. Il avait fait une roulade sur le côté, et, s'aplatissant le plus qu'il pouvait, il avait scruté les frondaisons qui dissimulaient le chemin. Il avait reconnu Pierre et Juliette. Il les devinait plus qu'il ne les voyait. C'était le début de l'été, comme aujourd'hui ; ils avaient sauté le talus et, se tenant par la main, couraient dans le pré jusqu'aux cerisiers du père Vallin.

À partir de ce jour, il était revenu souvent. Son père avait acheté cette ferme après l'incendie. Le propriétaire, qui ne pouvait assumer les réparations et qui n'avait pas de descendance s'en était débarrassé. Son père n'avait pas fait une mauvaise affaire ; il n'en avait pas l'habitude d'ailleurs. Il avait dit à Arthur qu'il envisageait d'agrandir son entreprise, qu'une fois la maison rasée il pourrait y installer son dépôt de bois. Il conserverait la grange qui était en bon état et louerait les terres. Cet endroit était resté la « ferme brûlée ».

Son père avait acheté petit à petit des maisons et des terres et l'on disait qu'il possédait la moitié du village. C'était très exagéré, mais comme il n'en faisait pas étalage, restant modeste et réservé, Arthur ne s'était jamais posé de questions sur la fortune de son père. Il s'était trouvé parfois gêné de cette situation envers ses camarades et surtout Pierre. Pierre et lui étaient inséparables ; dès qu'on en voyait un, l'autre n'était pas loin. Leurs univers étaient pourtant différents mais ils allaient l'un chez l'autre avec la belle aisance de leur jeune âge et de leur amitié. Le père d'Arthur montrait beaucoup d'intérêt à Pierre. Il lui demandait, chaque fois qu'il le voyait : « Alors Pierre ! Quelles notes as-tu eues ces jours-ci ? » Pierre répondait toujours un peu gêné car ses notes étaient bien meilleures que celles d'Arthur. Il essayait toujours de minimiser ses succès pour ne pas faire de peine à Arthur qui reconnaissait volontiers la supériorité de son camarade et qui, visiblement, s'en moquait comme de sa première chemise.

— Tu vois ! Arthur, sur qui tu devrais prendre modèle… !

Et, se tournant vers Pierre, immanquablement, il ajoutait :

— Comme tu le vois, ce n'est pas Arthur qui me fera l'honneur d'être le meilleur de la classe !

La fortune de son père, les bonnes notes de Pierre ; Arthur s'en moquait. La seule chose à laquelle il semblait tenir était de savoir que la « ferme brûlée » était en quelque sorte à lui.

Arthur arrivait à la « ferme brûlée ». Il poussa la porte qui résista un moment avant de délivrer un grincement de reproche, un grincement d'oubli. Qui avait poussé cette porte ces dernières années ? Certainement personne depuis sa dernière visite. Il retrouvait les parfums et les myriades de poussières scintillantes dans les rais de soleil. Les rayons cylindriques étaient les plus nombreux ; c'étaient ceux qui criblaient l'espace à travers les nœuds manquant dans les planches. Il aimait poser sa main sur l'un de ces trous joliment ronds pour emprisonner le rai de lumière. Il le laissait s'échapper, le coupait avec sa main qu'il agitait rapidement, regardait le dessin de lumière dans sa paume, inclinant la main, à droite, à gauche pour déformer le rond de soleil dont il était, un instant, le maître. Par ces trous, aussi, il guettait l'arrivée de Pierre et de Juliette et l'envie de monter dans le grenier le saisit. L'échelle était toujours là, couchée le long du mur. Il vérifia la solidité des barreaux avant de s'engager et montant avec précaution il se hissa sur le plancher du grenier. Les larges planches craquèrent et une fine poussière voleta comme autrefois au fur et à mesure qu'il s'avançait. Il y avait toujours de la paille éparse sur le sol. Arthur se souvenait de ces journées chaudes pendant lesquelles ils donnaient, Pierre et lui, un coup de main à monter les balles de paille ou de foin par la porte qui s'ouvrait sur le ciel et qui avalait jusqu'à satiété les chargements des charrettes que l'on positionnait contre la grange, juste au-dessous de la porte.

Il était maintenant devant cette porte ouverte sur le vide. Il s'approcha et il lui prit l'envie de s'asseoir comme il l'avait fait si souvent, les pieds dans le vide. Le nez de veau, cette avancée qui protégeait de la pluie de l'ouest, avait perdu beaucoup de tuiles. Il se dit qu'il faudrait réparer sans tarder. De là il dominait le vallon du père Vallin. Bien que le père Vallin n'en possédât qu'une petite partie, le vallon portait son nom, par contre les cerisiers étaient à lui et, lorsqu'ils allaient marauder, Pierre et lui, ils craignaient d'être surpris par le vieux qui n'était pas commode, alors ils mangeaient tellement goulûment qu'ils avalaient les noyaux… qu'ils restituaient quelque temps après dans de grands fous rires : *« Regarde, regarde, Arthur ! Le paquet de noyaux ! »*

Il y avait aussi en bordure du verger, servant de clôture naturelle, des petits arbrisseaux donnant des fruits violets qu'ils s'amusaient à faire goûter aux plus jeunes qui parfois les suivaient. C'étaient des prunelles amères qu'ils appelaient des « crèques » et qui n'étaient bonnes à manger, paraît-il, qu'après une gelée, comme les petites nèfles sauvages, à la chair âpre, pâteuse et pleine de grains. Ils n'avaient jamais réussi à en goûter qui aient été un tant soit peu comestibles.

Et puis c'était la saison des pommes, des pommes « à couteau », des pommes qu'on mange, pas celles avec lesquelles on fait le cidre. C'était des « Bailleul » précisément, des pommes à la peau brillante, veinées de rouges sombre, de jaune et de vert ; juteuses à souhait ; juteuses et craquantes. Ils montaient prestement dans l'arbre, choisissaient les plus grosses et les plus mûres et sautant rapidement à terre ils s'enfuyaient par le chemin creux jusqu'à la ferme pour déguster leur maraude.

Le chemin creux était un chemin entre ce qu'ici on appelle des fossés, et qui sont en fait des talus plantés le plus souvent de hêtres. C'était leur échappée, leur boulevard de l'aventure lorsqu'ils étaient ensemble, puis, pour lui c'était devenu ses Champs-Élysées car c'était par là que Pierre et Juliette venaient, c'était par là qu'il guettait leur bonheur et leurs rires.

Il se trouvait un jour dans le grenier lorsque Pierre et Juliette, se tenant par la main, s'étaient dirigés vers la grange. Il les voyait et pris de panique d'être découvert, il avait hissé l'échelle sur le plancher du grenier pour en interdire l'accès. Il l'avait couchée avec précaution et s'était allongé dans la poussière et les brins de paille, retenant son souffle. Pierre et Juliette étaient entrés dans la grange. La porte était restée entrebâillée et un grand triangle de lumière scintillante de poussières argentées enveloppait les amoureux. Arthur pouvait les voir. Ils se tenaient la main. Pierre avait dit : « Tiens ! On a enlevé l'échelle ! » Arthur, le nez dans la poussière et la paille, pouvait les observer par les interstices du plancher. Il retenait sa respiration et tremblait d'éternuer. Toute son attention était tendue vers les amoureux dont il ne percevait que des murmures et des petits rires étouffés. Il devinait plus qu'il ne voyait. Il y avait maintenant deux ans que ces deux-là ne se quittaient plus. « Non, Pierre !... non... je ne veux pas ! » Il avait perçu cela et son cœur se fendit un peu de deviner ce qui se tramait là, si près de lui, lui qui aurait tant voulu être à la place de Pierre. Lui aussi aimait Juliette, depuis toujours peut-être, mais il n'avait pas su le lui dire et Pierre avait osé. Il ne se donnait pas le droit de lui en vouloir ; cela ne s'était-il pas passé parce qu'ils s'étaient éloignés l'un de l'autre ; Pierre s'était rapproché de Juliette autant peut-être parce qu'elle lui plaisait que parce qu'il était devenu libre de ses mouvements, libéré par la trahison d'Arthur. Il vivait cela comme la revanche de Pierre.

Pierre et Juliette venaient souvent à la grange et Arthur s'était rendu compte, un jour, qu'ils étaient montés dans le grenier. Il avait perçu des bruits et des chuchotements. Il eut une mauvaise pensée : retirer l'échelle. Il s'en voulut tout de suite et ne fit rien. Il ne pouvait s'empêcher de penser que c'était peut-être ce jour-là que Juliette s'était donnée à Pierre...

Arthur avait quitté à regret la grange. Il approchait maintenant de la maison de Juliette ; c'était une modeste longère, une maison tout en longueur où toutes les pièces sont en enfilade et communiquent les unes avec les autres.

Il la connaissait bien pour y être entré souvent lorsqu'il était enfant. Le toit de chaume, longtemps rafistolé avec des tôles ondulées, avait été remplacé par de l'ardoise grise. Cela l'avait rendue plus triste, surtout lorsque la pluie la coiffait de noir. Les colombages et le torchis ocre rose qui reposaient sur un soubassement de grès, de briques et de moellons de silex, lui conservaient sa belle allure de chaumière. Arthur avait toujours pensé qu'il était dommage de ne pas avoir conservé le toit de chaume avec la terre et les iris au faîtage.

Les jardinières accrochées aux fenêtres débordaient toujours de fleurs. C'était l'œuvre de Juliette et c'était sa fierté. Sa belle-mère y tenait beaucoup ; elle avait tout naturellement pris le relais. Son regard s'attardait maintenant sur la première fenêtre, celle de la cuisine. Il était fort probable que Juliette s'y trouvait et qu'ainsi elle pourrait le voir. Il avait oublié qu'en face, de l'autre côté de la rue, Clémence, la voisine de Juliette l'apercevrait la première et sortirait sur le pas de sa porte.

— Alors Arthur ! Tu es de retour au pays ?

Il ne regardait pas de ce côté-ci de la route et l'interpellation, dans son dos, le surprit. Il se sentit en faute et bredouilla une réponse passe-partout qui sentait le désir de ne pas engager la conversation, mais c'était sans compter sur la capacité de la commère à accaparer son auditoire.

— Alors, comme ça, ton camarade Pierre a été fusillé à c'qu'on dit... !

Arthur était désemparé. Il n'avait pas prévu d'être accosté de la sorte, juste devant la maison de Juliette. Celle-ci devait être derrière sa fenêtre ; elle se cachait sans doute ; elle ne sortirait pas sur le pas de sa porte comme il l'avait imaginé jusqu'au dernier moment ; comme il l'avait tant espéré. Il regardait désespérément vers la maison, essayant de percevoir le moindre mouvement qui lui aurait confirmé que Juliette était bien là.

— On dit dans le village qu'i z'étaient trois... On dit qu'i r'fusaient d'aller s'battre... ! C'est des lâches... voilà c'que c'est... des lâches ! C'est bien fait pour eux ! Ê peut s'cacher la Juliette... ê va faire un bâtard de lâche... ! Et mon Joseph, lui, i y'est à c'te guerre. I fait son devoir. I s'f'ra p'têt tuer comme beaucoup d'autres.

Arthur se tourna brusquement vers Clémence qu'il avait pris soin de ne pas regarder jusque-là :

— Faut pas dire ça, Clémence, faut pas dire ça... ! C'était pas des lâches... faut pas dire ça !

— Oui mais i voulaient pas s'battre... alors c'est des lâches, voilà c'que j'dis !

— Non, Clémence ! On était tous d'accord pour ne pas retourner au front comme ça... ! Tous, Clémence ! Mais ils en ont choisi trois et les ont fusillés pour faire un exemple ; ça aurait pu tomber sur n'importe qui. C'est ça la vérité !

— Taratata mon petit Arthur, pour le village ce sont des lâches… Le père lui-même i l'dit. I dit : « J'avais deux fils, le plus jeune est mort en héros mais l'aîné est mort en lâche… » I dit : « Un moins un ça fait zéro ! C'est comme si j'avais rien donné à la France ! » Voilà c'qu'i dit le père !…

Tout le monde au village appelait le père de Pierre le « Père ». Il était beaucoup plus vieux qu'Hortense, la mère, lorsqu'ils s'étaient mariés, mais Hortense était morte encore bien jeune.

Arthur sentit qu'il ne convaincrait jamais Clémence. Il souhaita ardemment que « son Joseph » s'en sorte et puisse, à son retour, dire à sa mégère de femme l'horreur qu'ils ont vécue et les drames dont certains ont été victimes.

Il eut envie de dire à Clémence : « Pierre a été victime d'une injustice et je viens le dire à Juliette… » mais il ne dit rien et poussant la barrière il s'avança vers la porte de la chaumière de Juliette.

— Oh ! Ê va pas t'ouvrir !

Arthur laissa dire. Il tourna la poignée de la porte ; celle-ci n'était pas fermée. Il frappa au carreau et n'attendit pas que Juliette vienne lui ouvrir ; il poussa la porte qui délivra une plainte en frottant sur le sol ; une plainte habituelle qui avait creusé une trace en quart de cercle sur les briques posées à plat, en chevron sur la terre ;

c'était plus économique que les tomettes de terre cuite et plus résistant aussi, mais l'humidité s'y maintenait plus longtemps.

Juliette était bien derrière sa fenêtre ; elle avait tout entendu ; elle sanglotait, le tablier entre les mains relevées jusqu'à la bouche pour mieux étouffer ses pleurs.

Arthur était resté figé dans l'entrée ; il n'osait s'avancer vers la jeune femme. Il se décida enfin à faire les quelques pas qui les séparaient. Il gardait le silence ; il ne savait trop comment aborder le récit qu'il s'était si souvent répété dans sa tête pour le jour où il serait en sa présence. Alors, simplement, il lui prit les mains ; les serrant avec tendresse, il les porta à ses lèvres. Elle laissa faire en essayant de maîtriser tant bien que mal ses sanglots.

Ils restèrent un long moment ainsi, face à face, silencieux. Arthur savait que Juliette avait tout entendu, ce qu'avait dit Clémence et les réponses qu'il lui avait faites ; en effet, de l'intérieur de la maison on pouvait toujours entendre Clémence qui déversait sa haine. Comme cela devait être douloureux pour Juliette. Il n'avait pas imaginé cela, car, enfin, qu'avait-elle fait, elle ? Que pouvait-on lui reprocher, surtout dans son état ? Il ne savait pas qu'elle attendait un enfant. Sa mère aurait pu lui en parler puisqu'elle lui écrivait plusieurs fois par semaine.

Ce fut Juliette qui rompit le silence.

— J'ai tout entendu, Arthur, tout. Cette garce me harcèle dès que je sors devant la maison. Elle me traite de vendue aux Boches. Elle insulte même l'enfant que je porte ; elle le traite de « bâtard de lâche »… Je guette derrière les rideaux pour sortir et vite me glisser derrière la maison pour aller au jardin ou m'occuper des bêtes. Je choisis les moments où je la vois se diriger vers le fond de sa cour et quand je reviens, je surveille encore pour regagner la maison… je n'y arrive pas toujours ; on dirait un diable qui sort de sa boîte ; elle bondit dehors et c'est encore des insultes et des menaces… Et le « Père », lui, ne me parle plus. Il part toute la journée ; je lui prépare son panier pour le midi ; il le prend et s'en va sans un mot, sans même un regard. Le soir, il rentre ; sa soupe est prête sur le fourneau ; il se sert. Les seuls bruits que j'entends de lui sont ceux de la chaise qu'il traîne pour s'asseoir et ceux qu'il fait en avalant sa soupe. Après, il va dans sa chambre.

Elle sanglotait à nouveau, s'essuyant avec la paume de ses mains, l'une après l'autre comme pour arrêter cet afflux soudain de larmes trop longtemps contenues et qui, tel le flot débordant les digues, ne semble plus maîtrisable.

— Arthur, il faudra que tu me dises comment cela est arrivé. Je n'en puis plus… je me pose des questions… je me fais des réponses… des réponses que j'invente, forcément. Je n'en puis plus Arthur... je n'en puis plus...

Puis elle ajouta :

— Arthur, tu sais, j'ai ressenti une violente douleur le jour où cela est arrivé... J'ai pensé à ma belle-mère qui avait éprouvé la même chose à la mort de son Julien. Oui, j'ai ressenti quelque chose qui m'a traversé le cœur. J'ai même poussé un cri et mon enfant a bougé, violemment. Quand le maire est venu m'annoncer la mort de Pierre, j'ai lu « 24 avril à 6 heures ». C'était bien ça, c'était bien à ce moment-là... C'est resté gravé dans ma mémoire. Quand le maire m'a tendu le papier, il n'y avait rien qui disait comment cela s'était passé ; « mort à l'ennemi », c'est tout ce qui était écrit. Ce n'est que quinze jours plus tard qu'un gars de Meulers a raconté à des gens du village comment c'était arrivé. C'était jour de marché, aussi la nouvelle s'est répandue comme une traînée de poudre... !

Elle avait fait une pause ; elle avait repris ses esprits ; elle était très forte, oh oui ! très forte... Elle avait dû faire face, seule, face à la vindicte, face à sa douleur. Elle avait pu libérer celle-ci pour la première fois ; elle bénissait Arthur d'avoir fait ce geste de venir la voir.

Juliette était allée chercher le papier que le maire lui avait apporté et le tendit à Arthur.

— Regarde, Arthur, ce qui est écrit.

Arthur prit le papier, lentement. L'émotion le paralysait. Il allait revivre l'instant tragique à travers les mots froids d'un acte de décès. Le papier était taché de quelques larmes ; c'était visible. Il se rendit compte qu'on n'y mentionnait pas que Pierre avait été condamné et exécuté ; « mort à l'ennemi » était la formule. Une formule ordinaire, celle la plus couramment employée. Il savait qu'on disait aussi « mort au champ d'honneur » ou encore « mort pour la France ». Il n'avait jamais eu à lire de tels actes de décès. Il comprenait que cela aurait pu passer inaperçu si l'imbécile de Meulers n'avait pas parlé. Oui mais tout se sait un jour ou l'autre. Il était là devant Juliette, ne sachant comment lui dire ce qu'il s'était répété en lui-même afin de parler des derniers instants de Pierre. Il se demandait s'il ne valait pas mieux attendre que Juliette, petit à petit, lui demande par des questions simples : « Où c'était ?... Comment s'appelaient les deux autres ?... Est-ce qu'il avait souffert ?... Avait-il dit quelque chose ? »

Il se demandait si ces questions étaient vraiment celles que Juliette poserait ; ne demanderait-elle pas plutôt : « Pourquoi lui ?... Pourquoi des soldats français ont-ils tiré sur des soldats français ?... » et il appréhendait que Juliette lui demande comment s'était déroulé ce cérémonial macabre.

Il savait que Pierre avait écrit une dernière lettre, comme les autres ; il trouvait bizarre que Juliette ne lui en parle pas. Peut-être ne voulait-elle pas en parler ? Peut-être que Pierre n'avait rien dit dans cette lettre ? Cela lui semblait vraiment curieux ; ou alors, cette lettre était « sa lettre » et elle devait être jolie, même si elle était la dernière… Il voulait bien le comprendre et Juliette finirait bien par en parler… Même s'il lui sembla, un instant, convenable de ne pas évoquer ce sujet, il se fit violence et demanda :

— Juliette, tu n'as pas reçu une lettre ? Les trois hommes ont eu la possibilité d'écrire à leur famille.

— Non, Arthur, je n'ai rien reçu… à moins que le facteur ne l'ait remise à mon beau-père. Ce serait bien possible. Depuis que Pierre a été déclaré mort, il s'est muré dans le silence et la seule fois où il m'a parlé, c'est lorsqu'il a appris que Pierre avait été fusillé. Depuis, c'est le silence. La lettre est peut-être arrivée lorsque j'ai dû m'absenter quelques jours pour aller à l'hôpital. Je ne peux même pas lui en parler. Il ne sait pas lire. S'il a reçu la lettre, c'était avant que le gars de Meulers ne parle… il ne l'aura pas fait lire à son acolyte, le vieux Prosper, non, il l'aura peut-être glissée dans sa poche sans l'ouvrir. Le facteur lui aura certainement dit : « C'est une lettre de vot' fils ! » et, lui, il se sera dit : « À quoi bon, il est mort… il demandait peut-être qu'on lui envoie un colis… ! » et il aura rangé cette lettre dans sa commode ; ou bien cette lettre n'est pas encore arrivée.

Arthur risqua tout de même une remarque :

— Et si tu lui demandais ? Après tout, tu es sa belle-fille et tu es la veuve de Pierre !

— Non Arthur, je ne peux pas lui demander cela… Pierre est mon mari mais il est aussi son fils… La lettre lui était peut-être adressée… Comme Pierre savait qu'il me la donnerait à lire, il a fait certainement ainsi pour nous parler une dernière fois à tous les deux.

Alors, Arthur, ayant repris un peu de courage, dit :

— Juliette, il faut que tu saches que Pierre est mort en brave…

Juliette reçut cela comme une délivrance. Elle regardait Arthur droit dans les yeux et ses yeux si rieurs autrefois s'étaient remplis de larmes. Elle ne put les contenir et elles roulèrent sur ses joues. Elle les laissait rouler. Ses yeux étaient rougis. Qu'avait-elle fait de ses yeux si bleus ?

Arthur lui tendit les mains ; elle lui confia les siennes.

« Arthur ! Elle est belle, Juliette !… C'est moi qui suis arrivé le premier !… »

Arthur entendit cette phrase… C'était au bal du 14 juillet… Il se rappelait la scène : Pierre et Juliette se tenaient la main et lui, il était là, empoté et penaud…

Juliette regardait Arthur. Le silence s'était installé et ils ne souhaitaient pas le rompre. Juliette finit par dire :

— Arthur, tu n'es pas encore allé chez toi… Ce serait bien que tu y ailles tout de suite !

Et, désignant du menton la maison d'en face, elle ajouta :

— Tout le village ne tardera pas à savoir que tu t'es arrêté ici !

Arthur se dirigeait déjà vers la porte.

— Arthur !

— Oui, Juliette !

— Je t'aime bien…

Arthur reçu cet aveu comme un baume, une douceur extrême, mais il ne put rien répondre et s'en voulut de ne pas avoir dit « Moi aussi Juliette, je t'aime bien ! » Il n'était pas sûr qu'il aurait pu ajouter « bien » et ce qui lui venait naturellement à l'esprit, c'était « Je t'aime, Juliette ». Il se dit que cela aurait été déplacé et un peu prématuré. Il attendrait quelques mois ; et puis la guerre était encore là…

Il ouvrit la porte qui, une fois de plus, se lamenta ; il ignorait que sa manière d'ouvrir la porte, en lui infligeant ce gémissement, troublait Juliette ; leur dernier regard fut joliment éclairé d'un sourire.

Les rideaux de la maison d'en face avaient bougé, signalant la présence de Clémence. Celle-ci sortit comme un diable et, les mains sur les hanches, elle dévisageait Arthur et Juliette qui l'avait accompagné sur le pas de la porte. Elle ne dit rien mais on voyait bien qu'elle brûlait d'en découdre.

VI

Souvenirs

JULIETTE REFERMA sa porte tandis qu'Arthur s'éloignait... Il appréhendait la suite. Rien ne se passait comme il l'avait imaginé. La suite ne devrait pas être meilleure. Il lui semblait que désormais son havre était là, dans cette maison qu'il venait de quitter, avec Juliette qui, pour l'heure et peut-être pour longtemps, n'avait que lui.

Il passa par les « forières », ces chemins parallèles à la rue principale et qui desservaient les fermes et les champs. Il rencontrerait moins de monde et arriverait ainsi par l'entrée secondaire de la maison. Le petit portillon du fond du parc était ouvert ; il se sentit soulagé. Si tel n'avait été le cas il lui aurait fallu rebrousser chemin et reprendre par la rue principale pour arriver jusqu'à la grande entrée. Il avait tout son temps pour traverser le parc ; il était plus tranquille ;

il était prêt à affronter son père et sa mère. À cette heure il était probable que, seule, sa mère soit là. Il se décrotta les pieds au paillasson métallique de l'entrée de service. On l'avait entendu… ce n'était pas possible qu'on l'attende et pourtant cela semblait bien le fait. La porte s'ouvrit et sa mère apparut, souriante et belle comme toujours. Ses tenues étaient étonnantes de fraîcheur et d'élégance. Elle semblait toujours en réception. Arthur aimait bien.

— Arthur, mon garçon !

Et elle se précipita dans ses bras.

— Oh !… Mais quelle odeur !

— Maman, c'est la capote… Ça sent si mauvais que ça ?

Il s'était habitué à cette odeur de pourriture et de sueur, de charogne et de drap mouillé.

— C'est une horreur… On dirait l'équarrissage ! Comment peux-tu supporter cela ?

Elle l'entraîna à l'intérieur, l'aida à se débarrasser de cette horrible capote, tout en l'assaillant de questions.

— Tu es en permission pour combien de temps ? Tu es arrivé par le train de 14 heures ? Tu en as mis du temps à venir de la gare ? Hector, le chauffeur, t'as vu mais il ne t'a pas reconnu tout de suite et lorsqu'il s'est avisé que c'était toi et qu'il pouvait t'accompagner jusqu'ici, tu avais disparu dans le bois… Il nous a dit que tu avais dû prendre les raccourcis. Tu as dû te perdre en route pour avoir mis autant de temps ! Non ?

Arthur laissait sa mère faire seule la conversation. Il ne releva même pas la dernière phrase, il pensa qu'il avait eu de la chance qu'Hector ne le reconnaisse pas tout de suite. Il n'avait pas envie de dire qu'il avait fait un détour par la maison de Juliette. Il était fort à parier que cela se saurait très vite.

Sa mère le regardait avec un air admiratif.

— Tu as l'air en bonne santé. Tu n'as pas été blessé au moins ? Est-ce que vous mangez correctement ? Ça doit être affreux ! Et tu ne vas pas vouloir en parler pour ne pas affoler ta pauvre mère ! J'en suis sûre !

Elle faisait les demandes et les réponses. Arthur trouvait la situation plutôt confortable. Les préambules du quotidien « popote » s'achèveraient rapidement et sa mère ne tarderait pas à aborder le chapitre de Pierre. Il redoutait qu'elle s'y engageât, comme ça, avec ses idées bien arrêtées et son jugement établi d'avance. Il se préparait à la riposte.

Ce qu'il redoutait arriva.

— Et Pierre ? Comment cela s'est-il passé ?

— Maman, je préférerais qu'on en parle quand papa sera là.

Il avait trouvé la parade ; il en était tout étonné ; sa mère n'insista pas d'avantage.

Elle semblait avoir fait le tour des questions importantes pour elle. Elle lui conseilla d'aller prendre un bon bain et de se changer. Il trouverait tout ce dont il avait besoin dans ses armoires. Il s'éclipsa et se sentit heureux de retrouver la quiétude de sa chambre. Les choses n'avaient pas changé. Mais pourquoi auraient-elles changé ?

Il entendit sa mère lui lancer au bas de l'escalier :

— Surtout, descends ton linge sale à la buanderie. Fernande s'en occupera !

Tiens, se dit-il, la nouvelle bonne s'appelle Fernande. En d'autres temps il aurait été impatient de la connaître. Il avait souvent usé du privilège du fils de la maison pour taquiner les servantes. Cependant, il n'avait guère profité de la situation pour aller plus avant qu'une caresse un peu appuyée sur un sein ou une fesse... Une fois seulement, avec Geneviève. Elle était délurée et peu farouche ; elle l'avait dépucelé.

L'été était dans toute sa gloire ; Arthur, comme chaque soir, attendait la sonnerie qui signalait la fin de la journée de travail à la scierie pour courir à la « ferme brûlée » et guetter Pierre et Juliette – surtout Juliette qu'il caressait du regard depuis son repaire. Les deux amoureux venaient chaque soir par le chemin creux jusqu'à la grange.

Une faute d'un ouvrier, une imprudence de sa part, les deux sans doute ; une pièce de bois éclata et fut projetée dans l'atelier. Arthur la reçut, tel un glaive dans sa cuisse. Le médecin, prévenu immédiatement, avait prescrit les soins nécessaires et recommandé quelques jours de repos. Arthur était surtout fâché d'être privé de ses visites à la « ferme brûlée ». Il restait des journées entières dans sa chambre. Sa mère assurait les soins qui se résumaient au changement de pansement.

Un jour que celle-ci était sortie en ville, Geneviève, à qui elle avait demandé de donner les soins à son fils, frappa à la porte de la chambre.

— Monsieur Arthur, madame votre mère m'a demandé de changer votre pansement !

Elle avait le nécessaire dans les mains et se tenait dans l'entrebâillement de la porte. Elle portait une blouse à fines rayures bleues et blanches, largement déboutonnée en haut, ce qui laissait entrevoir bien des choses, et pas complètement boutonnée par le bas, laissant deviner par là aussi des trésors charmants. Quant à la blouse, elle était suffisamment transparente dans l'ouverture de la porte pour parfaire cette vision troublante.

Quand elle se pencha devant Arthur pour poser la cuvette émaillée à ses pieds, il plongea dans la blancheur veloutée et mystérieuse de ses seins. Le sang lui était monté à la tête d'un coup ; il sentait un raclement dans la gorge qui l'obligeait à déglutir ; ses tempes battaient fort. Il devait être écarlate. Geneviève, qui préparait le pansement, avait dit sans lever les yeux :

— Il faudrait que vous ôtiez votre pantalon, monsieur Arthur.

Arthur s'exécuta, gêné mais le regard toujours fixé sur la poitrine de Geneviève.

Celle-ci, levant les yeux pour dire qu'elle allait peut-être lui faire mal si le pansement collait trop à la plaie, remarqua l'émotion du jeune homme.

— Monsieur Arthur est un homme maintenant…

Elle lui prit la main et la guida vers sa poitrine.

— Vous pouvez toucher, vous savez !

Arthur était assis, le pantalon sur les chaussures, une main timide caressant les seins de Geneviève.

Geneviève avait relevé le pan de la chemise pour découvrir l'endroit de la blessure. Elle avait enlevé le pansement avec d'infinies précautions, ponctuant ses gestes par des : « Je ne vous fais pas mal ? » « Ce n'est pas trop douloureux ? » « Vous ne sentez rien ? »

Oh si ! Il sentait quelque chose... Une violente poussée de désir. Elle effectuait son travail avec délicatesse et la situation particulière dans laquelle elle le faisait le rendait délicieux. Il ne souhaitait pas que cela se termine trop vite, pourtant sa cuisse fut bandée et la jeune femme qui avait remarqué que son émoi était à son comble avait ajouté malicieusement :

— Il n'y a pas que la cuisse de monsieur Arthur qui soit bandée !

Et en disant cela, elle avait glissé sa main sous le pan de la chemise d'Arthur, s'emparant de son sexe qu'elle se mit à caresser.

— Il faut s'occuper de cette jolie chose !

Arthur ne savait plus ce qui lui arrivait mais c'était tellement fort et doux, violent et tendre à la fois. Il se laissait faire car il ne savait pas comment agir dans cette situation totalement inconnue. Geneviève avait pris son sexe dans sa bouche ; il ne touchait plus terre ; il se sentait suspendu dans les airs. Elle avait dégagé le pantalon qui lui entravait les pieds et, se dressant devant lui, avait dégrafé sa blouse qui était tombée sur le sol : elle était entièrement nue. Il comprit qu'elle avait prémédité son affaire.

Elle l'attira vers le lit et, d'une pression sur les épaules, le fit s'allonger, les jambes pendantes en dehors du lit. Elle le fixait, se mordillant la lèvre et, le chevauchant, le prit en glissant sa main entre ses cuisses pour guider le sexe du garçon. Arthur ne pouvait contenir ce tremblement d'émotion intense qui l'agitait et cognait très fort dans sa tête.

Ce souvenir est souvent revenu. Il aurait aimé en parler à Pierre ; lui faire partager ce délicieux moment. Il s'était même imaginé que Geneviève aurait peut-être accepté d'éduquer aussi Pierre... Mais ils ne se parlaient plus à cette époque.

Hélas, Geneviève n'était pas restée longtemps à leur service ; elle s'était certainement montrée accorte avec le maître de maison et sa mère avait dû s'en rendre compte, ce qui expliquait sans doute la précipitation avec laquelle elle les avait quittés. Il se souvenait qu'un jour, alors que sa mère était absente pour la journée, il avait exploré la maison et, supposant que Geneviève était dans sa chambre au dernier étage, avait escaladé les escaliers plus qu'il ne les avait gravis. Frappant à la porte il se rendit compte qu'elle avait été remplacée par une autre servante... Il avait ravalé son désir et n'avait même pas demandé à la nouvelle comment elle se nommait. Il vit, d'entrée, que les leçons particulières étaient finies. Il se disait aussi que son père avait dû être également surpris. La gestion des servantes étant de la seule compétence de la maîtresse de maison, les questions sur le départ de Geneviève seraient inutiles, sinon scabreuses.

Dans sa chambre, où ces souvenirs venaient de le retrouver, il se prit à sourire. C'était tellement proche et si loin en même temps… Il suivit les consignes de sa mère, comme autrefois, en garçon docile, et, après avoir pris un bain et enfilé des vêtements propres et frais, il descendit avec son linge sale dans les bras vers la buanderie. C'est vrai qu'il sentait très fort, ce linge. Sa mère devait l'attendre au salon.

Son père était rentré, visiblement plus tôt qu'à l'habitude ; c'est lui qui l'accueillit.

— Ah ! Te voilà, mon fils… ! Je savais que tu étais arrivé. Hector est venu me prévenir. Il était tout penaud de ne pas t'avoir reconnu à temps pour t'accompagner ici. Quand il va te voir, il se confondra en excuses. Ça, c'est sûr ! Bon ! Te voilà ! Je suis venu aussitôt pour t'attendre mais comme tu tardais à venir et qu'il me restait des choses à régler avant ce soir, je suis reparti à la scierie ! Alors…

Son père était visiblement un peu fâché d'avoir raté l'arrivée de son fils et il allait s'empêtrer dans des explications inutiles, alors Arthur lui dit :

— Eh bien, si tu avais été là je ne serais pas encore « décrassé » et la maison empesterait comme il est rare d'empester.

— Alors ? Comment vas-tu ? Tu m'as l'air en bonne forme ! Tu n'es pas trop exposé j'espère ?

On pourrait peut-être te faire revenir à l'arrière ! Tu sais… J'ai quelques relations ! On peut toujours essayer !

Arthur entendait le discours de son père. Il le voyait soudain imbu de sa personne. Il se sentait assez important et riche pour compter sur ses relations… Il ne l'avait jamais connu ainsi, du moins, il ne s'en était pas rendu compte.

— C'est à toi de voir Arthur ! Si tu juges que ta situation est satisfaisante ou non…

« Arthur ! Tu as de la chance ! »

La voix de Pierre résonnait dans sa tête. Puisque son père avait des relations, il aurait pu le protéger lui aussi. N'avait-il pas, pour Pierre, des attentions affectueuses lorsqu'ils étaient enfants dans le temps d'avant ?

« Arthur ! Tu ne dis rien… »

— Arthur !… Tu ne dis rien…

Son père avait si souvent prononcé cette phrase lorsqu'il voyait son fils rêvasser ou peu enclin à donner des explications. Ceci semblait l'écho de la voix de Pierre et Arthur en fut troublé. Entre son père et lui, il sentait la présence de Pierre… Son père poursuivit :

— Pourtant tu dois avoir bien des choses à raconter ! Non ? Je veux dire, des choses à raconter à propos de Pierre !

Il sentit un froid intérieur l'envahir. Pierre était là ; il percevait son regard inquiet qui scrutait les rangs des soldats au garde-à-vous avant qu'on ne lui bande les yeux... Il cherchait son regard ; un éclair dans leurs yeux les avait rassemblés ; il en était persuadé. C'était un éclair aussi violent que soudain, une décharge électrique, comme une douleur intense et brève, une poussière de seconde. Il rassembla ses esprits et eut assez de force pour dire :

— Justement, j'ai dit à maman que je le ferai lorsque nous serions tous les trois... C'est assez douloureux et je ne veux pas dire et redire ces choses pénibles. Tu me comprends ?

— C'est comme tu voudras ; nous avons tout notre temps !

Arthur sentit cependant de l'impatience dans la voix de son père. Après tout ce qu'on avait raconté dans le village, il se doutait bien qu'il attendait la vérité par la bouche de son fils, témoin des événements et ami de Pierre. Ami ? Arthur s'étonnait encore que son père se soit si facilement contenté de la réponse évasive qu'il avait faite lorsqu'il lui avait demandé pourquoi Pierre ne venait plus à la maison. Il ne se souvenait plus de ce qu'il avait dit et l'on avait plus parlé de Pierre, du moins à la maison car, une fois cependant, la conversation s'était engagée à la scierie entre son père et le maître d'école, venu le voir. Il se trouvait là et avait surpris la conversation au cours de laquelle son père avait demandé au maître s'il ne comptait pas « pousser » Pierre dans les études, comme il l'avait fait chaque fois qu'il pressentait des capacités chez un de ses élèves. Le maître avait répondu, il l'entend encore : « Non !... Je ne le crois pas capable de réussir en études. Je ne pense pas qu'on puisse lui faire confiance ! Il vaut mieux qu'il aille en apprentissage ! D'ailleurs, son père semble avoir une idée ! Au moulin du père Périer... ou en horlogerie ». Il entend encore son père insister et défendre le bon élève, qu'il semblait beaucoup apprécier. Il dit qu'il se permettait d'insister par estime pour le père de Pierre, qui était un compagnon de chez lui, d'Auvergne, venu s'installer ici et qui, un peu trop vieux, un peu trop fatigué pour le travail de scieur de long, avait pris une petite ferme ; d'ailleurs cette ferme lui appartenait et il en avait confié l'exploitation à ce vieux compagnon qu'il aimait comme un frère ; c'était ainsi qu'il parlait du père de Pierre. Il avait même assuré qu'il aiderait la famille, si c'était une raison importante, sinon essentielle, pour que Pierre puisse partir à la ville ; il ne fallait pas que la question financière soit une entrave. Arthur réalisait à ce moment que Pierre aurait pu faire des études, devenir lui aussi maître d'école ou professeur, peut-être avocat ou quelque chose comme ça. Il pensait alors qu'il aurait sans doute été officier et qu'il aurait certainement échappé à son destin tragique. Il pensa aussi « l'œil était dans la tombe... » Il eut un peu plus froid.

Pour le moment, il prenait conscience de ses réflexions ; il en était ébranlé ; comment n'avait-il jamais pensé à cela auparavant ? Il avait esquivé les explications et ce n'était que partie remise ; cela se ferait au moment du repas... Il lui restait une bonne heure pour rassembler ses pensées et ses arguments afin d'affronter le point de vue de sa mère, souvent abrupte et qui – s'il était certainement plus nuancé que celui d'une Clémence – n'en demeurait pas moins redoutable quelquefois.

Il n'avait pas assouvi sa curiosité ; il n'avait pas vu Fernande. Quelle tête avait-elle ? Le bruit de casseroles du côté de la cuisine signalait sa présence. Laissant son père en pleine préparation de son cigare dans le petit salon, il se dirigea vers le bruit de casseroles, au prétexte de demander un verre d'eau fraîche.

Fernande était dans la cuisine comme il l'avait deviné ; elle récurait les chaudrons qui avaient servi à faire les confitures. C'était la saison. Elle ne l'avait pas entendu arriver et elle s'était retournée lorsqu'elle entendit :

— Bonjour, Fernande !

Elle ne connaissait pas Arthur mais elle comprit tout de suite qui il était.

— Oh ! Bonjour monsieur Arthur ! Vous avez fait bon voyage ? J'ai trouvé votre linge dans la buanderie. Je m'en occuperai dès que j'aurai mis de l'ordre dans les confitures.

— C'est de la gelée de framboises ?

— Oui !... Monsieur Arthur !... de la gelée de framboises ; demain on devrait avoir des groseilles ; madame votre mère dit que vous aimez beaucoup les confitures au petit-déjeuner.

Fernande n'était pas très jolie et il pensait qu'elle ne devait pas avoir beaucoup de mal à rester sage... à moins que son père l'ait tout de même trouvée à son goût...

Sa mère ne dérogeait pas à la saison des confitures et, chaque année, elle achetait framboises et groseilles, mûres, coings et pommes aux gens du village qui se faisaient ainsi un peu d'argent.

Elle avait essuyé le grand chaudron tout en lui parlant et maintenant elle disposait les pots de gelée, laissés à refroidir sur la table de la cuisine, dans un grand panier d'osier qu'elle porterait au cellier attenant à la buanderie ; c'était des pots à facettes que l'on fermait avec une petite pièce de tissu à carreaux, rouge ou bleu. Une ficelle nouée la maintenait. Quelquefois un pot échappait des mains lorsqu'on voulait nouer la ficelle et s'éclatait par terre dans un flop assourdi par la gelée qui giclait et éclaboussait les meubles de la cuisine. Sa mère ne manquait pas de s'exclamer depuis le salon ou la salle à manger : « Oh ! Ma petite, vous êtes d'une maladresse ! » Il se souvenait que la petite « maladroite » était Geneviève. Elle avait certainement la tête ailleurs.

Pour Arthur, le cellier et la buanderie étaient restés longtemps des lieux mystérieux. Enfant, il s'y introduisait en secret. Dans le cellier, il contemplait les mille trésors rangés sur les étagères et qui brillaient dans la pénombre. Il y voyait les éclats des pierres précieuses : les topazes des gelées de coings et de pommes, les rubis des groseilles et des framboises, les grenats des mûres. Il lisait les étiquettes que sa mère calligraphiait avec pleins et déliés, à l'encre bleue. Il n'est pas impossible qu'il ait découvert le goût de la lecture avec les pots de confitures : *Mûres octobre 1901, Pommes novembre 1901.*

Il y entraînait souvent Pierre et tous deux passaient en revue les trésors, les prenaient dans les mains avec d'infinies précautions, sans jamais avoir déclenché la moindre catastrophe. Pierre était émerveillé de tant de bonnes choses, si bien rangées, si joliment présentées. Il passait un doigt sur les étiquettes comme s'il s'attendait à ce que l'écriture, si ronde et si fine, se détache en relief.

À côté du cellier, dans la buanderie aux bonnes odeurs de linge propre, Arthur était fasciné par l'énorme chaudière de fonte noire posée sur son foyer de briques rouges. Un long bâton était passé par la poignée centrale du couvercle. Les femmes s'en servaient pour le soulever. Les jours de lessive, il aimait venir regarder sa mère et la servante qui s'activaient, manches retroussées, corsage ouvert, cheveux noués par des foulards d'où s'échappaient les mèches rebelles que ni chignon, ni foulard ne pouvaient maîtriser. Les peaux des femmes brillaient dans la lumière embuée percée des éclairs jaunes et bleus des flammes. Il aimait lorsqu'elles soulevaient le lourd couvercle de la chaudière en introduisant le long bâton. Elles le prenaient chacune à un bout et au signal le dégageaient et le posaient par terre. Alors un panache de vapeur blanche envahissait la buanderie et l'on ne voyait plus rien. La chaudière avait dans ces moments-là des allures de machine infernale, de locomotive.

Il se protégeait le visage de ses mains. Les deux femmes en chœur lui criaient : « Ne reste pas là !... » Petit à petit les silhouettes réapparaissaient. Tout le monde s'essuyait le visage. Le long bâton servait alors à retirer le linge qu'on plongeait dans les baquets disposés tout près. Arthur revenait aussitôt et se tenait à la porte, montrant ainsi sa bonne volonté... de ne pas vouloir se brûler.

La buanderie servait aussi au bain pour la servante. Sa mère insistait beaucoup pour que celle-ci prenne au moins un bain par semaine.

C'était bien sûr le jour de lessive car le foyer étant allumé, il suffisait de le maintenir en chauffe. Arthur le savait et, lorsqu'il voyait la porte fermée et la cheminée fumer, il savait que la servante était en train de prendre son bain. Il avait réussi à en connaître le rituel de préparation en observant les objets que la servante disposait avant de s'enfermer : la grande bassine galvanisée, le petit broc en fer-blanc et le grand drap de bain blanc. Il savait qu'il entendrait bientôt Suzanne chanter *Plaisir d'amour*... Il se souvenait de Suzanne pour cela... Il ne voyait plus son visage. C'était il y a longtemps.

« Arthur ! Arthur ! J'ai vu la bonne toute nue ! »

C'était Pierre qui, un jour qu'il était venu sans crier gare, avait entendu Suzanne chanter dans la buanderie. Il avait poussé la porte et, subjugué par cette vision, était resté là sans bouger, jusqu'à ce que Suzanne, s'enveloppant à la hâte dans le grand drap de bain, lui dise de sortir en vitesse. Il était sorti et s'était empressé de retrouver Arthur pour lui faire part de sa découverte. Arthur s'en était voulu de ne pas avoir eu l'idée de pousser la porte... par inattention. Par hasard. Comme ça.

Pierre avait alors décrit le spectacle avec ses mots d'enfant de huit ans : *« Arthur ! T'aurais vu les lolos ! Ouah ! Tout mouillés, tout blancs de mousse ! Ça dégoulinait la mousse ! Et puis la zézette pleine de poils... tout noirs, tout frisés.*

Ils sont tout noirs et tout frisés ! Elle n'a pas bougé. Elle est restée le broc à la main au-dessus de sa tête. J'suis resté comme ça à la regarder... J'sais pas combien de temps. C'était long, elle bougeait pas. L'eau coulait doucement. La mousse descendait. Elle ne m'avait pas vu ! Elle fermait les yeux ! Ah ! Les lolos, les lolos ! »

Arthur revivait cet instant bien ancien et pourtant il entendait Pierre lui conter sa merveilleuse apparition comme si celle-ci venait juste de lui être révélée.

Pierre avait fréquenté la maison pendant de nombreuses années et il en connaissait tous les recoins. Il s'étonnait de la magnificence de certains objets et demandait toujours « *Comment cela s'appelle ?* », « *À quoi cela sert-il ?* », « *En quoi c'est ?* ». Sa mère lui répondait toujours. Les questions de Pierre devenaient plus pertinentes, sa curiosité était insatiable et la mère d'Arthur le faisait remarquer à son fils.

— Tu vois Arthur, ton petit camarade s'intéresse à tout. C'est comme ça qu'on s'instruit !

Cela ne le touchait pas. Lui, il aimait courir la campagne ; il aimait l'odeur des bois, des fleurs des champs, de l'herbe fraîchement coupée et couchée par la faux en longues lignes au flanc du coteau ; il aimait braconner dans la rivière derrière le moulin du père Périer ; voilà ce qu'il aimait.

Il aurait bien voulu lui dire que Pierre s'intéressait aussi à autre chose qu'à ses bibelots. Cela l'aurait amusé de voir la réaction de sa mère. Elle aurait rougi, ça c'est sûr… Elle aurait suffoqué de honte. Elle s'en serait peut-être même étranglée… Oui mais il se serait privé de tenter de pousser, un jour, lui aussi, la porte de la buanderie.

L'ambiance du dîner ne s'annonçait guère joyeuse malgré les retrouvailles. L'ombre de Pierre planait et Arthur, qui se devait de s'expliquer, avait quelque mal à rassembler ses esprits. Il bafouilla un instant avant de reprendre pied et de relater le plus fidèlement possible le déroulement de ces heures tragiques. Il raconta comment les mutineries avaient débuté, comment elles s'étaient propagées au point qu'on disait que cela concernait des dizaines de milliers d'hommes. Il dit aussi que les soldats réclamaient une meilleure nourriture et des permissions, et un peu plus de repos. Et puis il parla des meneurs, et d'Anselme qui avait pris Pierre en amitié. Ils étaient toujours ensemble. Il fallait un exemple. On a pris ces deux-là et un autre pauvre bougre qui lui aussi était toujours fourré avec Anselme. Voilà, c'était des « deuxième classe »… Ils ne pesaient pas bien lourd. On disait même qu'Anselme avait fait de la prison… c'était couru d'avance. Et puis il conta ce que toute la compagnie fit pour honorer les trois pauvres gars.

Il dit combien cela a pesé dans leur cœur, et la tristesse qui ne les quittera jamais.

Sa mère, dont il craignait la réaction indignée devant l'acte de lâcheté largement établi dans le jugement populaire, gardait le silence. Elle se mordait la lèvre, mimique significative de son trouble. Son père n'avait dit mot et semblait absent. Il essayait certainement de se représenter le drame et cela lui donnait un air grave qu'Arthur ne lui avait pas souvent vu.

Le repas s'était achevé dans le silence et Arthur qui aurait voulu parler de Juliette, dire qu'il l'avait vue, qu'elle était enceinte, qu'il venait de l'apprendre… Il se disait qu'il aborderait cela sans tarder, sans attendre que l'émotion qu'il avait devinée dans l'attitude de ses parents ne retombe et les plonge dans l'indifférence. Il ne pensait plus qu'à Juliette et à l'enfant qu'elle portait. Il y avait aussi le « Père » ; Arthur s'engouffra dans cette idée : parler du « Père » pour ensuite évoquer le cas de Juliette. Alors il se lança, en s'adressant à son père :

— Tu as des nouvelles du père de Pierre ?…

— Non ! Il évite tout le monde et on ne le voit plus du tout.

— Bien sûr !… Je le sais ! Je suis passé voir Juliette en arrivant ! C'est pour ça que j'ai tardé à venir ! Il fallait que je lui parle, il fallait que je lui dise ce que je vous ai dit ! Et j'ai vu qu'elle était enceinte...

Il ne fit pas le reproche à sa mère de ne pas lui en avoir parlé dans ses lettres. Il lui sembla que ce n'était pas nécessaire. Il la surveillait du coin de l'œil et se rendit compte qu'elle était très troublée et très peinée.

— Que veux-tu faire, Arthur ? Que veux-tu que je fasse ? Sinon laisser les choses se tasser !

Son père venait de soulever une question grave. Que pouvait-il faire, sinon attendre que les passions s'apaisent, que le temps fasse son œuvre ?

— Oui, mais il y a l'enfant. Juliette aura besoin d'aide. Ce n'est pas pour dans bien longtemps à ce que je peux en juger ! Moi, je n'y connais rien mais elle m'a semblé bien grosse !

Sa mère ne disait rien. Il aurait voulu qu'elle s'implique, donne son avis et fasse une proposition généreuse et louable. Il dit simplement :

— Demain je retournerai voir Juliette et je parlerai au « Père ».

Le silence était retombé, seulement troublé par le bruit des cuillers dans les coupelles de salade de fruits. Son père regagna le petit salon où il fumait son cigare pour ne pas empester le reste de la maison ; sa mère prit le chemin de la cuisine pour donner quelques ordres à Fernande et Arthur, se plantant les deux mains dans les poches devant la grande fenêtre de la salle à manger, regardait le parc où le soleil couchant allongeait l'ombre des peupliers jusqu'à la terrasse. Il revoyait ceux du vallon des condamnés. Leurs ombres étaient moins grandes mais, à cette heure, elles recouvraient les tombes, comme ici le jardin.

« Arthur ! Demain on va aux cerises dans le vallon du père Vallin ! »

Arthur n'avait pas su que le vallon du père Vallin avait été racheté par son père et que les cerisiers étaient à lui maintenant… C'était juste après son départ et sa mère ne lui en avait même pas parlé dans ses lettres.

VII

Le « Père »

ARTHUR S'ÉTAIT RÉVEILLÉ plusieurs fois dans la nuit. Il avait très mal dormi, le lit était trop mou. Pour un peu, il aurait disposé une couverture sur le plancher de la chambre pour se coucher dessus, à la dure… Mais il n'a pas osé, craignant une intrusion de sa mère et son effroi de voir son fils dormir par terre. Alors il a patienté, il a attendu que le sommeil vienne. Il est venu bien sûr, car il était passablement fatigué, mais le matin le trouva plus cassé que s'il avait dormi sur un tas de cailloux. Il se garderait bien d'en faire part à sa mère qui ne manquerait pas de lui demander : « Arthur… Tu as bien dormi, j'espère ! » Et pour elle, pour lui faire plaisir, il aura bien dormi.

Les bruits matinaux de la maison avaient encore abrégé son sommeil et il était descendu dans la cuisine tout en terminant de s'habiller. Il y était entré, ajustant ses bretelles, se rendant compte soudain que sa tenue n'était pas convenable au sens où sa mère l'entendait. Si elle se trouvait dans la cuisine, elle lui en ferait la remarque : « Arthur ! Mon garçon… ce n'est pas une tenue ! » Mais elle n'était pas là. C'était Fernande qui faisait seule tout ce bruit. On aurait pu penser qu'elle avait quatre bras. Trop occupée, elle ne remarqua pas sa présence. Il put l'observer. Sa silhouette était malgré tout agréable, contrairement à la première impression qu'il avait eue. Lui tournant le dos, elle récurait encore une casserole avec certainement le désir de satisfaire la patronne qui ne semblait pas avoir perdu une once de sa traditionnelle exigence. Elle remuait joliment le derrière et son tablier se balançait en cadence. Il se racla la gorge pour signaler sa présence. Alors, sans cesser de frotter, elle tourna la tête :

— Bonjour, monsieur Arthur !

Son sourire, dans la lumière claire et ensoleillée qui inondait la cuisine, lui donna quelques remords de l'avoir trouvée quelconque lorsqu'il l'avait vue pour la première fois. Elle ne méritait pas cela et c'était sans doute ce sourire et le timbre de sa voix, presque un chant, qui lui faisait réviser son jugement. Il n'aimait pas la laideur et était même assez facilement impressionnable par les traits tourmentés d'un visage. Un nez crochu, une mâchoire proéminente ou de grandes oreilles décollées étaient pour lui des traits tourmentés. Fernande n'avait bien évidemment aucun de ces caractères, loin s'en faut. En l'observant de profil, maintenant qu'elle avait repris sa position devant l'évier et qu'il s'était avancé dans la cuisine, il remarquait son petit nez légèrement retroussé, ses pommettes rebondies, un peu rougies par l'air vif de la campagne où elle vivait depuis toujours. Une fossette malicieuse l'éclairait d'un sourire permanent. Il eut la très soudaine et très forte envie de poser ses mains sur ses hanches, comme cela, en prétextant devoir passer entre elle et la table, laquelle, à un mètre environ, ne gênait en rien le passage d'une personne. Il dit :

— Ne bougez pas, je veux juste prendre un verre dans le buffet !

Il aurait tout aussi bien pu contourner la table par l'autre côté et sa manœuvre n'échappa pas à Fernande. Celle-ci, sentant les mains presser ses hanches, s'était légèrement redressée. Elle cambrait ses reins et Arthur sentit que Fernande s'attendait à cela… Mais peut-être pas de la part d'Arthur. Arthur s'était écarté, observant le trouble de Fernande et, alors qu'il se trouvait devant le buffet cherchant un verre, son père entra dans la cuisine.

— Ah ! Tu es déjà debout ! Dis donc, tu es devenu matinal ! Va au petit salon ! Je te rejoins Fernande va nous apporter le petit déjeuner !

Son père était resté dans la cuisine une bonne dizaine de minutes avant de le rejoindre et le calme qui y régnait soudain lui laissait supposer que si celui-ci s'attardait en ce lieu, il avait d'autres raisons que celle de prendre un verre dans le buffet. Il arriva enfin, la cravate un peu de travers... Fernande vint ensuite et son trouble était très grand ; elle en renversa les tasses en posant le plateau sur la petite table ronde du salon. Il sentait qu'elle évitait de le regarder mais qu'elle en avait une forte envie. Son père ne disait mot. L'observait-il ?... Il ne le savait pas. Lui, il regardait Fernande.

« Arthur ! Arthur ! J'ai vu la bonne toute nue ! »

Arthur s'en voulait un peu de ressentir des pulsions de désir, là, maintenant, après avoir revu Juliette et pour une autre femme qu'elle. Il avait beau se donner bonne conscience en débitant les propos des mères de garçons – « J'ai lâché mon coq... Prenez garde à vos poules ! » ou encore « C'est la nature ! » et autres formules –, il ne se sentait pas très à l'aise et voulait chasser cela de son esprit. Il le fallait pour une autre raison, qui lui semblait ne faire aucun doute : son père était sur le terrain de chasse et il devait avoir quelques longueurs d'avance. Il se souvint de Geneviève. Pourquoi ces pulsions pour une autre ? Sans doute qu'il ne s'attendait pas à revoir Juliette dans cet état de détresse, les yeux rougis, les traits marqués par la douleur, vêtue de noir comme une vieille, et enceinte par-dessus le marché. Juliette lui était apparue comme celle à qui l'on vient présenter les condoléances et qui se tient droite et figée à l'entrée du cimetière. Celle qui portera encore, pour de longues années peut-être, une douleur infinie qui lave le regard et blanchit les cheveux… Le temps avait pressé le pas et l'avait trop vite vieillie ; mais il l'aimait ; il en était sûr.

Fernande repartie dans la cuisine, son père engagea la conversation :

— Tu ne nous as pas dit combien de jours de permission tu avais !…

— Quinze jours !… Pas plus… C'est déjà beaucoup, paraît-il !

— Que comptes-tu faire, à part le projet d'aller voir le « Père » ?

— Je vais d'abord faire ça et je verrai après !

Arthur aurait voulu expliquer à son père qu'il avait vécu beaucoup trop d'événements, qu'il avait, dans la solitude des nuits au cantonnement, pensé à tant de choses, échafaudé tant de plans qu'il ne voulait pas vivre à faire sans cesse des projets comme on fait des châteaux de cartes que le premier courant d'air anéantit. Alors il ajouta :

— Chaque chose en son temps !

— Comme tu veux, mon fils !

Il lui revenait cependant une pensée qu'il ne savait pas comment présenter. C'était ce jour où son père avait questionné le maître d'école sur le devenir de Pierre. Il en avait retrouvé les propos échangés et sans importance pour lui à cette époque et il les ressassait maintenant. Il avait soudain besoin de savoir pourquoi les deux hommes avaient eu cette conversation et pourquoi, de toute évidence, il n'avait pas été également concerné. Il lui faudrait éclaircir cela.

— Bon ! Je vais te laisser et rejoindre l'atelier ! Si tu veux passer... Nous avons une nouvelle machine ! Enfin ! Quand tu voudras... On se revoit à midi de toute façon !

Arthur retrouvait sa solitude. Sa mère ne tarderait pas à descendre. Elle avait pris quelques goûts de luxe et se faisait servir son petit déjeuner dans sa chambre au prétexte de ne pas aimer se présenter en tenue négligée. On ne savait pas qui pouvait se trouver dans la maison. Il y avait tout de même beaucoup d'allées et venues avec l'entreprise. Les tenues négligées de sa mère étaient un ravissement pour lui et si elle avait adopté cette pratique du petit déjeuner dans sa chambre et éviter de descendre en robe de chambre vaporeuse et longue comme une robe de mariée, c'est que son mari ne semblait pas en faire cas et ne voyait rien de ce spectacle charmant. Très vite elle en avait certainement fait l'économie et seule la bonne pouvait voir la jolie patronne au saut du lit dans ses tenues négligées et superbes. Cela attristait Arthur qui vouait à sa mère un amour admiratif et obéissant. Il aimait sa main douce se posant sur ses cheveux, caressant sa joue plus légère que l'aile d'un oiseau, plus parfumée que toutes les fleurs du jardin.

« Arthur ! Elle est belle, ta mère ! » Alors Arthur ne se sentait plus de joie lorsque Pierre disait cela. Ils la regardaient tous les deux évoluer dans le salon, remettre un peu d'ordre dans un bouquet fraîchement cueilli par la bonne et qu'elle trouvait toujours trop grossièrement arrangé. Elle avait des gestes gracieux et les robes longues, effleurant le plancher d'une caresse, les laissaient muets d'admiration. Ils souriaient, ravis de ses apparitions princières. Il s'agissait bien de cela car ils l'avaient identifiée aux princesses des contes de fées qu'elle leur lisait lorsqu'ils étaient tout petits. Hortense, la mère de Pierre, venait faire quelques ouvrages de couture bien qu'elle ne fût plus à leur service depuis son mariage. Elle amenait Pierre. Les deux enfants avaient trois ans à peine lorsqu'ils prirent l'habitude de jouer ensemble et depuis ce temps une princesse et une fée étaient entrées dans leur univers.

« Arthur ! Tu devrais demander à ta mère de nous raconter… » Arthur avait oublié les noms des contes… En y pensant, comme ça, si longtemps après, il voyait des personnages et sa mère était toujours au milieu, belle et pleine de tendresse.

« Arthur ! Elle est belle, ta mère ! »

Celle-ci fit son apparition en haut de l'escalier. Elle était sublime, comme Arthur s'y attendait. Elle tenait un chapeau à la main ; elle avait, visiblement, le projet de sortir. Elle souleva légèrement sa longue robe pour descendre l'escalier. Le volant de broderies qui en habillait le bas rebondissait sur les marches. Elle était trop belle pour avoir des soucis ou des tracas, des chagrins ou des peines, pourtant, tout en descendant avec grâce l'escalier, elle lui dit :

— Arthur ! J'ai beaucoup pensé à ce que tu as dit hier soir... J'ai beaucoup pensé à Pierre bien sûr, ce pauvre Pierre, mais j'ai aussi pensé à Juliette et au « Père »... Je ne sais vraiment pas ce qu'on peut faire ! Et cela me fait beaucoup de peine ! Tu me comprends ?

Oh oui ! Comme il la comprenait et comme il l'aimait plus encore ! Il se sentait un peu coupable d'avoir mal jugé sa mère, d'avoir imaginé qu'elle aurait des propos durs et intolérants. Il se sentit « réparé » de ses fatigues, mais suffisait-il que Pierre soit lavé, ici ; innocenté, réhabilité dans leur cœur et leur esprit pour que cela soit établi pour le reste du village... Il redoutait d'affronter les villageois et peut-être en premier le « Père », qu'il savait « têtu comme une bourrique ». C'était du moins l'opinion d'un grand nombre de gens du village et de son propre père. Mais pour l'heure, il l'admirait. Elle était arrivée au pied de l'escalier, elle avait libéré la robe dont elle tenait un pan d'une main délicate. Celle-ci s'était posée comme une pluie de pétales ; elle était dans les tons de rose, fleurie comme un jardin de conte de fées.

— On a du mal à se souvenir des titres des histoires que tu nous racontais !

Elle eut un mouvement de stupeur. Elle doutait de ce qu'elle avait entendu mais cependant, fronçant légèrement les yeux, elle observait son fils. Avait-elle bien saisi ce qu'il avait dit ? Elle essayait de se répéter sa phrase et doutait maintenant. Elle dit :

— Mais que veux-tu dire, Arthur, avec les histoires ?

Elle ressentait une étrange impression. Que voulait-il insinuer ? Avait-elle bien entendu, bien compris ?

En prononçant cette phrase, devant sa mère habillée en princesse, Arthur se rendit compte que Pierre était de nouveau là, à ses côtés. Il répondit, un peu embarrassé :

— Je te vois habillée en princesse, comme je disais autrefois, et j'essayais de me rappeler les titres des histoires que tu nous racontais, voilà.

— J'avais cru entendre que tu disais « on »... alors je ne comprenais pas !

C'était vrai, il avait dit « on ». Il en fut gêné, et, comme sa mère ne semblait pas vouloir s'appesantir sur ce lapsus, il en fut soulagé.

Il était temps d'aller voir le « Père » et Juliette. Il savait par elle que lorsqu'il partait tôt le matin avec son casse-croûte, c'était pour aller à l'autre bout du village où il avait la plus grande partie de ses terres, alors il en prit la direction. Cheminer par les forières jusqu'à la sortie du village vers la route de la vallée lui permettrait de se donner le temps de retrouver son univers d'enfant. C'était le moment de la fenaison et l'air était empli des senteurs de foin que le souffle léger du vent emportait par-dessus les blés mûrissants et les lins jaunis. La route d'Envermeu plongeait dans la vallée.

« Dépêchons-nous, nous allons rater les premières automobiles ! » C'était en juillet 1907 ; ensemble ils étaient descendus dans la vallée pour voir les bolides qui disputaient le circuit automobile de Dieppe. C'était une première ; on n'avait jamais vu ça. Les badauds étaient nombreux sur le parcours. Cela était très excitant. Ils étaient revenus l'année suivante, mais chacun de leur côté, leur amitié étant consommée.

Il y avait longtemps qu'il n'avait plus pensé à cela et il avait oublié combien Pierre était passionné, au point de vouloir être mécanicien et peut-être ingénieur en construction automobile. Il avait d'ailleurs appris qu'après deux années au moulin du père Périer, il avait trouvé du travail dans un grand garage de Dieppe.

Là, à l'endroit où la route plonge vers le bois et la vallée, là où se trouvent les terres du « Père », il reconnut les lieux et se dirigea vers les deux tilleuls. Il avait souvent vu le « Père » assis à l'ombre de ces tilleuls, pour souffler un peu ou pour casser la croûte. Il suspendait son panier à une branche basse. Les pauses étaient devenues plus longues et parfois il s'endormait, appuyé contre le tronc. L'arbre avait un creux et cela lui calait bien le dos.

« *T'as vu, il a réussi à creuser le tronc à force de roupiller contre !* » Pierre avait dit ça un jour avec tant de conviction qu'Arthur semblait l'avoir cru. Ils avaient beaucoup ri… surtout Pierre et Arthur avait beau affirmer qu'il n'y avait pas cru, Pierre se moquait de lui et riait de plus belle.

Le « Père » n'était pas venu ; son panier n'était pas accroché. Il reprit le chemin du village, toujours par les forières pour éviter les rencontres. En vue de la maison de Juliette, il ralentit le pas et fixa avec attention la maison de Clémence afin d'être prêt à toute éventualité. Il ne désespérait pas de la convaincre et comme elle devait sans doute être la plus virulente des commères il se disait que, s'il réussissait à l'apaiser, il aurait une grande chance d'apprivoiser les autres. Et puis ce serait bien pour Juliette. Clémence sortit sur le pas de sa porte alors qu'Arthur était encore à une cinquantaine de mètres de chez elle. Il fallait croire qu'elle devait passer son temps à surveiller les passants.

— Alors, mon p'tit Arthur ! Tes parents vont bien ? Crois-tu qui s'raient contents d'savoir qu'tu viens par ici ? Hein ?

C'était mal engagé et il ne savait vraiment pas comment désamorcer cette attaque. Il ne pouvait pas esquiver et faisait des efforts énormes pour rassembler ses arguments et faire preuve de diplomatie afin de ne pas envenimer la conversation. Il savait que ses parents étaient très estimés, alors il prit le parti de se servir de cette estime pour répondre à Clémence.

— Mes parents vont bien et ils sont très heureux que j'aie pu obtenir une permission. Je crois vous l'avoir dit Clémence, c'est pour avoir des permissions que les soldats ont manifesté, c'est pour ça, c'est parce qu'ils n'en pouvaient plus. À quand remonte la dernière permission de Joseph ? S'il en a eu une ?

— Joseph ?... I viendra pt'êt' pour la moisson ! C'est c'qui dit !

Elle s'était calmée et Arthur eut l'impression que sa gageure était en voie de réussir. C'était sans compter sur l'obstination farouche de cette femme.

— Les permissions, les permissions... ê z'ont bon dos les permissions ! Ceux qui voulaient pas s'battre, ce sont tout de même des lâches et c'est les autres qui vont s'faire tuer à leur place !

— Clémence ! Moi je ne sais pas comment se passe un accouchement. Si une femme me dit que ça fait mal, je la crois ! Parce qu'elle, elle sait cela ! Alors moi, quand je vous dis ce que je viens de vous dire, je sais ce que je dis parce que j'y étais ! Voilà, Clémence, le jugement d'un soldat qui a connu l'horreur ! J'espère que ça, au moins, vous pouvez le croire !

Arthur était content d'avoir trouvé cette manière d'illustrer la crédibilité d'un témoignage. Avait-il été convaincant ? C'était bien moins sûr mais, là, contre un être borné comme l'était Clémence, il n'y avait rien à faire. Il la laissa sur le pas de sa porte et franchit les derniers mètres qui le séparaient de la petite barrière de bois de la maison de Juliette. Il se doutait que Juliette avait entendu et qu'elle l'attendait, et il se rappelait sa dernière phrase : « Arthur, je t'aime bien... » ; alors, il sourit.

Juliette était bien dans la cuisine, derrière la porte, prête à l'ouvrir, mais elle eut cependant un geste de retenue ; si la Clémence était encore sur le pas de sa porte et qu'elle remarquait son empressement à ouvrir à Arthur, elle en déduirait des choses malveillantes. Elle avait remarqué que la parcelle d'intelligence que pouvait avoir Clémence était tout entière mise au service de la médisance. Elle attendit qu'Arthur frappe plusieurs fois à la porte avant de lui ouvrir, comme si elle avait été très occupée ailleurs dans la maison.

Arthur parut étonné. Elle lui expliqua le petit stratagème et lui assura qu'elle avait tout entendu derrière sa fenêtre et qu'elle le remerciait pour ce qu'il avait dit.

— Et le « Père » ? Où est-il ? Je veux lui parler. Je suis allé à la fourche, du côté de son champ mais il n'y était pas !

— Je ne sais pas où il est allé aujourd'hui. Il ne m'a pas demandé de lui préparer son panier ! Je suppose qu'il est allé voir un des anciens de la scierie, mais qui ? Je ne sais pas. Tu sais, il ne me dit rien. La seule chose c'est, le soir avant d'aller se coucher : « Tu me prépareras mon panier pour 6 heures demain matin ! »

— Si je reste trop longtemps ici, ça va jaser ! Il vaut mieux que je parte et que je revienne vers 6 heures. Tu ne crois pas ?

Il lut dans le regard bleu de Juliette une légère déception. Elle avait retrouvé ses yeux bleus et son visage rayonnait à nouveau, embelli sans doute par sa grossesse. Ils se souriaient. Il eut une terrible envie de la serrer dans ses bras avant de partir mais il n'en fit rien et se contenta de se diriger vers la porte sans la lâcher du regard, au risque de se fracasser contre un quelconque obstacle ; la regarder jusqu'au dernier instant pour l'emporter avec lui…

Un rideau bougea légèrement à la fenêtre de la maison d'en face. Arthur se félicita d'avoir décidé de ne pas rester trop longtemps chez Juliette. Il fit semblant de ne rien avoir remarqué et prit le chemin du village par la route principale. Il rencontrerait des gens, il s'expliquerait, avec conviction, sans concession à l'effroyable opprobre dans lequel certains se plaisaient à traîner Pierre. Il était convaincu qu'il saurait laver le déshonneur de son camarade. Chaque pas vers le village renforçait sa détermination. L'occasion lui fut vite donnée. En effet, sa première rencontre fut le vieux Péchu, qu'on appelait « Développé » par dérision car il était petit et malingre et avait une jambe plus courte que l'autre. Cependant, eu égard à son infirmité, on l'appelait « l'pé'Péchu ». Arthur, peu familier de la prononciation, se contentait de l'appeler le « Père Péchu ».

— Bonjour « Père Péchu » ! Toujours bien « rétu » à ce que je vois !

Arthur employait volontairement, et maladroitement, quelques mots de patois lorsqu'il parlait aux vieux du village. Il pensait à sa mère qui s'en offusquait à chaque fois et ne manquait pas de lui en faire la remarque : « Enfin, Arthur ! Tu ne peux pas dire “en bonne santé”, ou même “toujours solide au poste” ? C'est familier mais ce n'est pas du patois ! » Ça l'amusait toujours de taquiner sa mère avec les expressions cauchoises ; c'était leur grand jeu, à Pierre et à lui.

« Arthur ? Où qu't'es muché ? » Sa mère bondissait et rectifiait : *« Pierre, il faut dire "Arthur ? Où es-tu caché ?" »* Et tous deux partaient d'un grand éclat de rire qui désappointait la pauvre femme, laquelle ne désarmait jamais et corrigeait chaque fois les gredins. Il pensait à cela dans l'instant où il s'adressait au Père Péchu.

— Alors, Arthur ! T'es en permission ?

— Eh oui « Père Péchu », comme vous voyez !... Pas pour très longtemps... Mais enfin, moi j'ai eu de la chance jusque-là !

— Mais tu t'es battu mon gars, tu t'es battu ! C'est pas comme certains ! Les lâches comme le Pierre, sui-là qu'a été fusillé !

— Faut pas dire ça « Père Péchu », faut pas dire ça ! Lui aussi s'est battu ! Pendant des mois et des mois et c'est pas de sa faute s'il s'est trouvé être copain avec un gars qui a été soupçonné d'être un dangereux meneur. C'est pas sa faute ! Voilà ce que je dis et ce que je pense ! Parce que moi j'y étais !

— Son père i l'est pas fier ! C'est une honte pour lui ! Mê ch't'eul dit ! Pasqu'jeul vois tous les jours « l' Pé » !... et i l'est pas biau à voir !

— Y en a d'autres qui vous diront la même chose que moi quand ils rentreront ! Vous verrez ! Enfin, s'ils rentrent un jour !

Arthur sentait que le vieux était du même bois que la Clémence. Il lui concéda un :

— Bonjour à votre femme, « Père Péchu », et à la prochaine !

— C'est ça, mon gars, à tatôt !

Arthur avait oublié cette expression prononcée « à tatôt » par le vieux Péchu, pour « à tantôt » ou « à cet après-midi ».

— À tantôt « Père Péchu » ! À tantôt !...

Le père Péchu restait appuyé sur sa canne et le regardait s'éloigner. Il n'avait pas fait la guerre, pas même son service militaire. Il avait donc échappé à toutes les expéditions. Sa jambe plus courte, elle, l'embêtait depuis toujours et c'est peut-être pour cela qu'il se permettait de juger le courage des autres ; mais Arthur avait du respect pour le vieil homme, qu'il avait toujours connu infirme.

Arrivé sur la place de l'église, il eut envie d'entrer au *Café des Sports*. C'était un établissement qui avait accueilli, comme son nom l'indiquait, dans un passé moins bousculé et qui paraissait très lointain, des jeunes de l'équipe de « fotbale », comme on disait. Il hésita, regarda discrètement par la fenêtre s'il reconnaissait quelqu'un, puis, s'éloigna. Un consommateur du *Café des Sports* qui l'avait reconnu bien qu'il soit passé rapidement, sortit et le héla :

— Oh ! Arthur ! T'es ben fier ! Ent' donc boire une chopine !

« Arthur !... j'vais dire à ta mère que tu as bu une chopine avec les gars du Café des Sports. Rien que d'entendre "chopine" elle va bondir, ta mère ! » Et il entend Pierre rire à se tordre... Ils étaient bien jeunes mais allaient entrer dans le monde des adultes puisqu'ils allaient travailler. Alors les hommes prenaient un malin plaisir à faire boire ou fumer les gamins qu'ils étaient. Pierre disait cela mais, bien sûr, n'en faisait rien.

Arthur entra dans le café sur l'invitation d'un des gars Ferniau. Il le connaissait à peine, ou du moins ne l'avait guère fréquenté. C'était un garçon plus âgé que lui et un peu rustre, qui lui montrait une attention bien exagérée, presque de l'attachement ; mais son père était un employé de la scierie et ceci expliquait cela.

— Mets-toi là ! Milo ! Sers-nous une chopine de rouge ! Tu boiras bien un coup d'rouge, Arthur ?

Arthur cherchait le prénom du gars Ferniau et ne le retrouvait pas. Il laissa donc traîner un « Bien... sûr... » qui sentait la contrainte et l'embarras et pour se rattraper il ajouta :

— Je m'y perds avec tous les prénoms des garçons de ta famille. Toi, c'est Paul ? Non ?

— Non moi, c'est Serge ! Paul, il est mort y a quinze jours !

— Ah ! Excuse-moi Serge, excuse-moi !

— Y a pas à t'excuser ! Demain ça s'ra p'têt nous !

— Oui ! Ça s'ra peut-être nous !

Arthur avait répété cela machinalement et était étonné de cette éventualité comme s'il se découvrait étranger à cette foutue guerre. Une furieuse envie de vivre, d'échapper à ce destin de pauvres fous résonna en lui. Oui, il avait envie de vivre, envie de s'en sortir depuis qu'il avait revu Juliette et il dit avec force :

— Il faut qu'on s'en sorte !

Les consommateurs, blasés par le flot de nouvelles funestes avaient dressé l'oreille et regardaient Arthur à qui ils n'avaient pas montré d'intérêt lorsqu'il était entré dans le café. Il s'étonnait de leur étonnement.

« Il faut qu'on s'en sorte, Arthur ! Il faut qu'on s'en sorte ! »

Ceci lui parut dérisoire, fou ; comment Pierre pouvait dire cela ? Pourtant il l'entend. Sa voix déchire la tourmente. Ils sont côte à côte, baïonnette au canon, projetés en avant vers la tranchée ennemie. Oui, Pierre avait crié pour conjurer le sort, pour chasser la peur, pour supplier la providence... pour Juliette et cette exaltation, il venait de l'éprouver, lui aussi, pour Juliette.

Les clients du café avaient repris leur partie de dominos. Ils n'étaient guère nombreux et personne ne s'intéressa plus à ces deux compères attablés devant leur chopine de rouge. Serge regardait Arthur fixement, comme s'il s'attendait à une autre sortie bizarre. Pour lui, il devait avoir un petit quelque chose de dérangé dans la tête. Il avait bien une question à lui poser, Arthur était dans la même compagnie que Pierre, par conséquent il savait des choses. Il ne dit rien. Ils étaient tous les deux dans la même galère et s'il n'y avait pas eu de mutinerie dans son régiment, il ressentait un coup violent au creux de l'estomac à la pensée de tout ce malheur. Il n'avait pas lâché Arthur du regard et il buvait avec lenteur, sa moustache largement plongée dans le vin. Il s'essuya d'un revers de la main et dit simplement :

— Faut qu'j'y aille !

Arthur se leva ; l'un et l'autre quittèrent le café sans un mot dans l'indifférence totale ; personne n'eut un regard pour eux ; ils n'étaient pas là… Étaient-ils déjà des fantômes ? Ils venaient peut-être de boire leur dernière chopine au *Café des Sports*… Ces hommes allaient peut-être mourir ! Il y en avait tant d'autres ! Arthur percevait tout cela, et, en même temps, se sentait une rage, une force irrésistible de vivre. Il triompherait de l'horreur et de la mort… « Nom de Dieu ! J'vais m'en sortir ! »

Il s'était donné comme devoir, aujourd'hui, d'aller voir le « Père ». Il fallait retourner vers le bout du village. Il était sans doute rentré, à cette heure, sinon il y avait un problème.

Le chemin lui parut long, long parce qu'il ressassait ce qu'il voulait dire pour sauver Pierre dans l'esprit de son père, et long parce qu'il perdait ses arguments ou ne les trouvait plus. Il se sentait un sac troué qui se vide.

Le « Père » était assis devant sa soupe qu'il aspirait en faisant un bruit interdisant toute interruption. Juliette avait ouvert discrètement à Arthur. Elle avait entendu le couinement de la barrière. Elle avait posé un doigt sur ses lèvres pour lui demander de se taire, le temps que le vieux finisse sa soupe. Elle pensait qu'il valait mieux ne pas l'indisposer. Le vieux avait remarqué l'arrivée d'Arthur et ne montrait pas de surprise. Il ne montrait pas non plus d'intérêt. Arthur se sentit désarmé, impuissant, à la merci de cet homme qui balaierait ses arguments d'un revers de main comme il s'essuyait la bouche.

Mais il était là et il devait affronter ce qui pour lui était le pire : qu'un père renie son fils avec autant de détermination qu'il mettait, lui, à le défendre ; un fils victime d'une injustice monstrueuse. Oh ! bien sûr, il aurait pu mourir comme bien d'autres, dans l'attaque d'une tranchée ennemie, sous les obus de l'artillerie adverse ; mort pour mort, qu'est-ce que cela fait ? Et c'est bien sûr là qu'est la différence si cruelle à regarder.

Le vieux arriva bien au bout de sa soupe et regarda celui qui venait d'entrer. Il marqua une longue hésitation avant de saluer Arthur qui se demandait s'il l'avait reconnu.

— Bonsoir Arthur ! Te v'la chez nous !

— Oui ! l'Père, je suis en permission pour une quinzaine... Fait chaud !... Hein !

Arthur s'en voulait de ne trouver que cette conversation de garçon coiffeur qui s'oblige à meubler les silences. Il se dit qu'il attendrait la fin de la salve, si elle devait venir. Mais elle ne vint pas et le vieux évoqua les travaux des champs, l'été qui s'annonçait chaud, les forces qui lui manquaient... et, croisant le regard de Juliette qui se tenait près du fourneau, une main sur le haut de ses reins pour soulager son dos, ce qui faisait ressortir son gros ventre :

— Et sui-là qui va v'nir !

Il ne dit pas s'il en était heureux ou mécontent. Arthur pencha plutôt pour l'acceptation de la fatalité.

Il ne trouva rien à dire et si Pierre était présent dans tous les esprits et dans le gros ventre de Juliette, on ne l'évoqua pas. Quand aurait-il le courage d'en parler au vieux ? Plus il tarderait, plus cela serait difficile. Il souhaita le bonsoir. Dans les derniers mètres qui le séparaient de la porte, il se retourna et comme on jette une bouée à la mer :

— J'voulais vous dire : Pierre est mort en brave ; on l'a assassiné ! Faut pas oublier ça ! Faut pas oublier !

L'émotion l'étreignait soudain ; il la contint dans ce « faut pas oublier ! », répété en écho, où le « ça », s'était arrêté dans sa gorge. Et il quitta la maison, espérant que ses dernières paroles feraient leur chemin et redonneraient à Juliette le courage d'être la mère du fils de Pierre et adouciraient la peine et la honte que le vieux ruminait depuis de longues semaines. Et ses paroles lui parurent simples et presque naturelles ; tout était dit. Il en fut soulagé et, sur le pas de la porte il ne fit même pas attention au rideau qui avait bougé à la fenêtre de la maison d'en face. Il avait repris le chemin du village un peu plus léger et confiant lorsqu'il entendit Juliette, bondissant sur la route :

— Arthur ! Arthur ! Viens vite, le « Père » a eu un malaise !

Le rideau bougea une fois de plus à la fenêtre de la maison d'en face, mais personne ne vint au secours de Juliette.

Dans sa chambre qu'il avait regagnée après le départ d'Arthur, le vieil homme gisait par terre au milieu de papiers. La boîte en fer-blanc qui les contenait était écrasée. Arthur et Juliette l'aidèrent à s'allonger sur son lit. Il n'avait plus de forces, il put seulement murmurer, désignant du doigt les papiers épars sur le sol :

— Tu f'ras attention à ça quand j's'rai plus !

Il ferma les yeux, il semblait se reposer… Il était mort.

L'enterrement du vieux fut d'une tristesse insoutenable. Personne n'osa prendre la parole et s'il était parti certainement libéré de l'opprobre par les mots d'Arthur, il n'avait pu lire, dans le regard des autres, la compassion et l'estime qu'il croyait avoir perdues.

Juliette n'avait pas assisté à l'inhumation et personne de la famille, d'ailleurs fort réduite, n'avait pu venir par ces temps troublés. Il faut dire que Léon, le « Père », avait amplement négligé d'entretenir des relations familiales suivies. On ignorait presque tout de sa famille. Quant à Hortense, sa femme, on savait qu'elle était orpheline. Elle avait dix-sept ans à la mort de sa mère quand le père d'Arthur la prit à son service. Seule la famille de Juliette était là : son père et sa mère ; ils représentaient leur fille.

En retournant à la maison de Juliette, Arthur pensa à la boîte de papiers et à la phrase du vieux : « Tu feras attention à ça quand je ne serai plus ! » Que voulait-il dire ? Cette boîte devait contenir des papiers importants. Il se sentit un peu gêné d'en parler dès à présent à Juliette, mais c'était la volonté du vieux.

Juliette avait pris le deuil le jour où le maire lui avait annoncé la mort de Pierre et elle avait usé ses larmes sans retenue lorsqu'elle était seule mais aujourd'hui, si elle ne pleurait pas, elle était tout de même en peine car elle avait vécu avec le vieil homme plus de temps qu'avec son mari. Maintenant, elle ne pouvait s'empêcher de faire la liste de ceux qui étaient partis et qui avaient habité cette maison. Cette maison qui lui parut soudain sinistre, presque funeste.

Arthur frappa légèrement au carreau et poussa la porte. À l'inhumation il n'avait parlé à personne, il avait pris l'habitude de contenir ses sentiments et d'étouffer ses émotions. Là, il ne savait même plus comment parler à Juliette.

« T'es comme une poule qu'a trouvé un couteau ! » Pierre employait souvent cette expression qu'il tenait de sa mère lorsqu'elle le voyait empoté et incapable de prendre une initiative. Il était effectivement comme une poule qui a trouvé un couteau… Heureusement, Juliette fut la première à évoquer la boîte de papiers.

— Arthur, quand dois-tu repartir ? J'aimerais bien que tu regardes avec moi cette boîte de papiers dont le « Père » a parlé.

— Tout de suite si tu veux ! Si je reviens trop souvent, on va jaser !

Et il désigna du menton la maison d'en face.

— Oh ! Tu sais… moi je m'en moque. On dira : elle n'a pas l'air de s'ennuyer, elle l'a vite enterré, son Pierre… Il sera dit que je devrai avoir honte toute ma vie… Alors !

Elle en avait pris son parti ; c'était une constatation qui venait de s'imposer à elle. En allant vers la chambre du vieux pour y chercher la boîte, elle eut un moment d'hésitation avant de toucher la poignée de la porte. Sa silhouette noire, devant cette porte, Arthur la gravait dans sa mémoire. Elle était belle dans sa rondeur. Elle, elle appréhendait d'entrer dans cette chambre où pourtant elle allait chaque jour pour faire le ménage, vider le pot de chambre ou remettre un peu d'ordre. Mais c'était lorsqu'il y avait de la vie. Léon était toujours présent et elle s'attendait à ce qu'il dise : « Juliette !… Où as-tu mis mon blaireau ? » ou un autre objet qu'elle avait déplacé sans mauvaise intention. Elle avait rangé la chambre sitôt le cercueil emporté par les croque-morts ; c'était la deuxième fois qu'un cercueil traversait la cuisine salué par le gémissement de la porte qui gravait son arc de cercle dans la brique du sol. Elle revivait la scène et elle entendait Pierre :

« Je sais, je sais ! Il va falloir que j'arrange cette porte ! »

Oh ! Pierre ! Combien de fois l'as-tu promis ? Pierre serait à jamais associé au gémissement de cette porte.

Elle se surprit à penser « Toi, Arthur… trouveras-tu le temps pour arranger cette porte ? » et elle eut un peu honte.

En revenant dans la cuisine avec la boîte de papiers dans les mains, elle rougit en croisant le regard d'Arthur. Elle se sentait seule, les événements tragiques s'étaient succédé, elle n'avait plus que lui… Il fallut qu'elle fasse un effort considérable pour ne pas se jeter dans ses bras. Un désir irrépressible soulevait sa poitrine, désir que fait naître l'intensité de la douleur ou du désespoir. Arthur était troublé lui aussi ; sagement, il déposa un baiser sur le front de Juliette et tout de suite se mit à fouiller dans la paperasse du vieux Léon. Le trouble de Juliette s'était apaisé.

— Tu savais que le vieux Léon avait toute cette paperasse dans sa commode ?

— Oh ! Tout le monde a des papiers quelque part ! Non ? Tes parents, c'est chez le notaire certainement.

— Moi, je n'en sais rien !

Et tous deux ouvraient les lettres, les replaçaient dans leur enveloppe, passaient à la suivante… Soudain, Arthur s'arrêta plus longuement sur le contenu d'une enveloppe, un peu plus grande que les autres… Juliette avait remarqué son intérêt subit pour le document qu'il tenait dans les mains et qu'il lisait avec la plus grande attention.

— Qu'est-ce que c'est ?

Arthur ne semblait pas avoir entendu la question et continuait à lire. Puis, au terme de sa lecture il dit, avec beaucoup d'émotion dans la voix :

— Juliette, la maison que tu occupes appartenait à mon père. Il l'a donnée en dot à Hortense lorsqu'elle s'est mariée avec Léon !... C'est important tout de même pour une dot de domestique. Je ne dis pas ça par jalousie, mais cela m'étonne. C'était tant mieux pour la pauvre Hortense...

L'enveloppe contenait un autre document relatif au mariage de Léon et d'Hortense et qui disait que Léon avait la libre exploitation sa vie durant de la ferme de Florence ; c'était ainsi, pour une raison qui se perdait dans le temps et que personne ne saurait expliquer aujourd'hui, qu'on nommait ces terres proches de la forêt.

— Juliette, mon père a donné la maison à Hortense et la ferme à Léon... Je ne le savais pas aussi généreux.

Poursuivant sa lecture, Arthur s'arrêta sur un paragraphe qui précisait que la jouissance de la ferme reviendrait à son fils ou à sa fille à naître en dotation légitime le moment venu.

De plus en plus intrigués, ils fouillèrent encore et trouvèrent cette lettre un peu plus explicite qu'il déchiffrèrent ensemble et qui disait :

« Maître Moulin, je vous serais obligé de bien vouloir établir premièrement au nom de mademoiselle Hortense Louise Marie Lemoine, un acte de donation de la maison sise rue des Forières au lieu-dit la ferme de Florence, et deuxièmement au nom de Léon Charles Ernest Tilniac l'usufruit sur les terres de la ferme de Florence dont il aura la libre exploitation étant entendu que la nue-propriété reviendra à son fils ou à sa fille à naître. J'ai établi des copies de mes décisions que j'ai remises aux intéressés, ce jour, 5 janvier 1894. »

Il y avait d'autres papiers qu'ils déchiffrèrent avec de plus en plus d'intérêt. Un acte de mariage portait la date du 15 mars 1894. Arthur, se tour nant vers Juliette, émit une remarque.

— Pierre est né en juin... Hortense était enceinte au moment du mariage. Attends voir... Elle était enceinte de quatre mois.

En fouillant encore ils tombèrent sur une lettre dans laquelle l'auteur, dont la signature n'était pas très lisible, écrivait :

« J'apprends avec plaisir la naissance du petit Pierre. Sachez que vous me trouverez toujours à vos

côtés pour toute aide que vous jugerez utile que je vous apporte. »

Pourquoi son père avait-il eu cette prévenance pour une ancienne servante et un compagnon de travail ? Pourquoi ne disait-il pas dans sa lettre « de votre fils » mais « du petit Pierre » ? Après tout, cette formulation pouvait être tout à fait naturelle et le doute qui s'était installé dans son esprit n'était peut-être pas fondé, mais quelque chose l'amenait à penser qu'il en était autrement. Il ne savait trop comment obtenir un éclaircissement. Il était exclu de demander quelque chose à son père et même à sa mère. Tout au plus pouvait-il évoquer le fait que la mère de Pierre avait été à leur service et espérer apprendre quelques détails qui nourriraient sa connaissance. Il avait très peu de temps, sa permission touchait à sa fin. Son père ne comprendrait pas qu'il soit au courant de tous ces documents. Comment lui en parler ? Il fallait portant qu'il en ait le cœur net car une question s'imposait à son esprit : Pierre était-il le fils que son père aurait fait à sa servante ? Et il avait trouvé Léon pour réparer sa faute. Léon était déjà très vieux et très dévoué, à ce qu'il paraît. Plus il s'interrogeait, plus cela lui paraissait une évidence, mais comment lever ce doute ? Comment ? Il n'exprima pas son interrogation mais Juliette avait perçu les mêmes choses que lui et dans son regard, il voyait bien qu'elle aussi se posait la même question. Elle dit simplement, en le regardant intensément :

— Arthur ! Et si Pierre était ton frère ?

VIII

Frères ?

– PÈRE !… MÈRE !… J'ai demandé à Juliette de m'épouser !

Arthur était entré dans le salon et, sur le seuil, avait lâché cette phrase comme une délivrance, un acte qu'il savait lourd de conséquences et qui serait combattu par ses parents. Il ne pouvait pas attendre, surtout pas se laisser entraîner dans une conversation de convenance comme savait si bien le faire sa mère, c'est pourquoi il n'avait pas dit : « J'ai l'intention de demander à Juliette de m'épouser… »

Ses parents, interloqués, étaient restés de marbre mais il sentait bien qu'ils fourbissaient déjà leurs armes, chacun de leur côté bien sûr, mais dans une alliance qui serait totale. Une alliance qu'ils prétendraient objective, fondée, réaliste et raisonnable ; une alliance parce que cela ne se fait pas, parce qu'il y a l'opinion des gens. Et l'opinion des gens, ça compte... Le qu'en-dira-t-on leur rétorquera Arthur...

Le qu'en-dira-t-on, peut-être, mais le qu'en-dirat-on c'est important, répondront-ils.

Il s'attendait à tout cela et savait qu'il ne pouvait pas sortir comme il était entré sans donner une explication. Il s'avança donc dans le salon où ses parents s'étaient installés pour le thé que Mme sa mère avait réussi à instituer à l'instar de Mme Germain, la femme du médecin.

Son père le suivait des yeux. Il était debout à la fenêtre et l'avait sans doute vu arriver. Sans doute aussi en avait-il informé sa femme par un : « Voici notre fils ! » Et le fils était entré et avait dynamité la famille...

Il finit par s'asseoir, face à ses parents, avec le sentiment d'être à découvert et sans protection sur ce grand canapé ; un réflexe de soldat devant l'ennemi. Son père ne semblait pas avoir rassemblé ses arguments ; il gardait le silence ; par contre, sa mère qui s'agitait sur sa bergère devait déjà avoir préparé sa réplique, regardant tour à tour son mari et son fils, passant de l'un à l'autre d'un mouvement rapide de ses yeux bleus qui adoucissaient toujours les plus sévères reproches. Au point qu'il était toujours difficile de lui en vouloir.

— Arthur ! As-tu réfléchi à ce que tu viens de nous dire ? Penses-tu que cela soit acceptable ?

Sa mère avait employé « acceptable » et cela marquait toute la gravité de la situation. En effet pour les Bonnal il y avait le possible et l'impossible, l'acceptable et l'inacceptable, et l'acceptable était autrement plus important que le possible. La ligne était nette et jamais jusqu'ici il n'y avait eu à s'en préoccuper car les convenances étaient soigneusement ordonnancées par la maîtresse des lieux qui menait la famille comme elle l'entendait et sans que ceux dont elle guidait la conduite ne s'en rendent vraiment compte. Dans cet « acceptable », Arthur reconnaissait tous les autres : « raisonnable, convenable, respectable... » Et le respectable encombré de ses convenances était rappelé, par sa mère, d'un froncement d'yeux, d'un haussement imperceptible du menton, au besoin d'un « Mais voyons ! » qui arrêtait toute velléité douteuse. Et qui se poursuivait par un énoncé de ce qu'il était autorisé de faire et de ne pas faire dans les circonstances présentes.

Arthur ne fut pas surpris par cette première remarque. Il en attendait d'autres ou, du moins, il attendait que le « raisonnable » déterminant « l'acceptable » soit évoqué, c'est-à-dire pour ses parents « ce qui est conforme à la situation sociale qui est la nôtre... Tu comprends ! Ce qui est convenable ! »

— Tu ne peux épouser Juliette... remarque que je n'ai rien contre cette pauvre fille, mais tout de même… D'ailleurs, nous n'aurions pas souhaité un tel mariage si tu en avais parlé avant qu'elle n'épouse Pierre. Tu vois, cela n'aurait déjà pas été convenable pour nous… alors maintenant ! Et puis… et puis ! Qu'irait-on penser dans le village ? Et pas seulement dans le village ! Tu oublies que ton père est connu au chef-lieu d'arrondissement !

Il savait que l'énoncé d'une telle « raison » était et serait sans explication ou justification supplémentaire. Il suffit de le dire et c'est tout ! Cette chose-là ne se fait pas ! Par conséquent, on ne discute pas… et on oublie ça !

Il s'attendait à tout cela, mais rien n'était édicté et il se hasarda :

— Maman !… Juliette attend un enfant de Pierre, je sais ! Je sais qu'elle est maintenant seule et…

— Eh bien ! Que veux-tu dire ? Continue !

— Je veux dire que je l'ai toujours aimée… voilà ce que je voulais dire !

— Bon ! Cela est une raison qui te regarde mais cela n'est pas suffisant dans les circonstances présentes !

Cette tirade de son père, qui venait de prendre le relais, démontait son argument principal, le plus naturel à comprendre, celui qui n'a pas besoin d'explication, l'aveu de son amour pour Juliette. Bien sûr, Juliette en avait choisi un autre et elle attendait un enfant de lui. Sa mère, sentant l'emportement les gagner, ajouta avec toute la douceur qu'elle savait mettre dans sa voix pour apitoyer ou convaincre :

— Moi je savais bien que tu avais toujours eu des sentiments pour Juliette et tu l'as montré dès ton arrivée en permission, puisque tu es passé chez elle avant de venir ici. Oh ! Je ne te le reproche pas, loin de là ! On connaît les circonstances de la mort de Pierre et nous comprenons que tu en sois affligé. Ce pauvre garçon, fusillé pour l'exemple, c'est un malheur… c'est un grand malheur, mais on a l'impression que c'est surtout parce que Juliette est seule depuis que le vieux Léon n'est plus que tu t'inquiètes et qu'il t'est venu cette idée.

Arthur voyait la demande qu'il avait faite à Juliette de l'épouser rabaissée à une idée subite, un caprice aussi futile qu'inconvenant. En somme, sa mère faisait comme s'il n'avait rien dit à Juliette et comme s'il était encore un enfant. Il fallait lui faire entendre raison. Elle oubliait que la guerre l'avait fait vieillir à grande vitesse et que le temps était venu pour lui de prendre ses propres décisions, sans en référer obligatoirement… Il lui semblait qu'en formulant « J'ai demandé à Juliette de m'épouser ! » cela était tout à fait suffisant et respectable. Il voyait surtout que les circonstances « malheureuses » de la mort de Pierre pesaient lourdement dans « l'acceptable »... L'opprobre rejaillirait sur eux inévitablement.

On ne se priverait pas de dire dans le village : « Vous savez, le fils Bonnal a épousé la veuve de celui qui a été fusillé ! On pensait pas qu'ils laisseraient faire ça ! »

— Il est évident que je ne l'épouserai que lorsque la guerre sera finie... J'ai aussi d'autres raisons !

Il avait ajouté cela sans changer de ton. Il espérait et redoutait que l'un ou l'autre ne lui demande quelles étaient « les autres raisons ». Son père fronça les sourcils imperceptiblement, mais il avait gardé le silence. Par contre sa mère avait réagi plus vivement en se redressant, comme aiguillonnée par une contrariété, mais personne n'entrait dans le domaine qu'Arthur avait défini par « d'autres raisons ».

Il n'en dit pas plus et prit la décision d'attaquer comme Napoléon, en séparant les troupes adverses ; à sa mère, il reprendrait ses propos sur ses sentiments et l'amitié qui les liait, Pierre et lui ; à son père, il parlerait de la dot que celui-ci avait faite à Hortense, la mère de Pierre, alors qu'elle était à son service et qu'elle était enceinte... Il pensait que sa mère n'était peut-être pas au courant de cela et qu'ainsi il obligerait son père à plus de « compréhension ». Il se demandait s'il n'avait pas une bombe entre les mains et maintenant qu'il était engagé dans la bataille, il éprouvait quelque inquiétude. Il espérait que ses parents essaieraient chacun de leur côté de le raisonner et lui offriraient l'occasion de la contre-attaque. Il espérait surtout avoir la présence d'esprit pour démonter les arguments que ceux-ci mettraient en avant s'ils justifiaient leur refus autrement que par des « ça ne se fait pas ! » Alors il s'installa dans l'attente et pour rassembler ses arguments, pour les affûter dirait-il en fils de scieur de long, il entreprit de reconstruire l'histoire de sa famille avant qu'il ne vienne au monde…

Il en possédait quelques bribes et pouvait en reconstituer une partie avec les découvertes qu'il avait faites chez le vieux Léon mais aussi les souvenirs qu'il voyait sous un autre jour ; des souvenirs qui éclairaient l'histoire de leur vie familiale. C'était un puzzle qui s'assemblait ; des éléments sans grande logique entre eux, disparates même, insignifiants pour certains mais qui s'imposaient à lui comme si une main invisible les avait déplacés pour les rendre soudain importants et nécessaires à la compréhension de l'histoire de la famille. Alors il cheminait dans cette histoire.

Hortense était à leur service. Elle avait dix-sept ans à son arrivée chez eux, confiée par sa mère, veuve depuis déjà dix ans. Celle-ci ne pouvait la garder sans qu'elle ne participe à sa subsistance. Mais Hortense fut très vite orpheline et, n'ayant plus où aller, elle resta chez ses patrons.

Il avait réussi à remonter ces événements avec ce que lui avait rapporté Juliette, elle-même les tirant du récit qu'Hortense lui avait fait de ses jeunes années. Cependant, Hortense n'avait pas dit qu'elle s'était retrouvée enceinte et qu'une bonne, dans cet état, ne pouvait être gardée dans une maison qui se respecte. Ceci, il l'avait découvert avec Juliette dans les papiers du vieux Léon… en comparant les dates de naissance de Pierre – juillet 1894 – et de mariage d'Hortense et de Léon – janvier 1894.

Pouvait-il affronter son père sur ce chapitre et ne pas lui poser clairement la question : « Pierre est-il ton fils ? » Cette question lui taraudait l'esprit. Était-il possible qu'il en soit autrement ? Il imaginait très bien la situation, trop bien. Il savait que son père avait profité de sa situation de « maître » avec au moins deux servantes, Geneviève et Fernande. Il y en avait certainement eu d'autres mais il ne s'en était pas rendu compte, il était trop jeune, ou il n'était tout simplement pas né.

Hortense, à dix-sept ans, seule au monde et toujours dans la maison, était vulnérable. Il était évident que son père, dont il avait découvert le penchant immodéré pour les servantes, avait dû très vite abuser de la petite. Elle s'était retrouvée enceinte et il fallait qu'elle parte… C'était la règle.

Les papiers que le vieux Léon l'avait invité à consulter étaient assez explicites : son père souhaitait réparer une faute et, ayant trouvé le « père » pour l'enfant qu'il avait fait à sa bonne, il l'avait gratifié d'une ferme, lui en assurant la jouissance sa vie durant. Léon n'était plus tout jeune ; il aurait même pu être le père d'Hortense. Il avait pris également soin de léguer la maison d'habitation à cette dernière. Il était entendu que l'ensemble reviendrait de plein droit à l'enfant à naître…

Arthur avait toujours eu quelques difficultés à comprendre les finesses juridiques et, aujourd'hui, il pouvait enfin donner une signification aux termes bizarres qu'il avait toujours entendus sans les comprendre.

Ce dont il se souvenait remontait à sa petite enfance. Il revoyait les jours de couture, les jours où Hortense venait à la maison avec Pierre, son fils, qui avait le même âge que lui. Ils avaient trois, quatre ou peut-être cinq ans. Là, il lui fallait faire un effort pour être plus précis. A-t-on de vrais souvenirs à trois ans, ou du moins des souvenirs propres à soi et non pas les souvenirs des autres si souvent entendus qu'ils deviennent personnels ? Il devait fouiller plus loin dans sa mémoire, rechercher des détails, ici dans cette maison. Par chance cette demeure était restée telle qu'il l'avait toujours connue, enfin, autant qu'il s'en souvienne… ! Il revoyait aisément Hortense puisqu'il était devenu naturellement l'ami de Pierre et qu'ils allaient l'un chez l'autre jusqu'à ce jour désastreux, cette accusation du maître d'école… Il entend encore Pierre dire : *« Arthur ! Dis que c'est toi ! »*

Il avait souvent vu Pierre et sa mère à la maison. Ils arrivaient par le petit portail de derrière, celui qui ouvrait sur les forières. Il n'avait jamais vraiment su si les forières désignaient les chemins parallèles à la rue principale ou s'ils désignaient les chemins allant vers la forêt. Il y avait bien une forêt mais une seule des deux forières y conduisait, celle du nord. Ce n'était pas le moment de se perdre dans ces détails qui, de toute façon, ne feraient pas avancer les choses. Il s'agaçait de se laisser perturber ainsi. Bon, maintenant il pouvait revoir Hortense et Pierre pénétrer dans le parc ; Hortense refermait soigneusement le portillon de fer, reprenant d'une main le panier qu'elle posait pour manœuvrer le loquet, et de l'autre la main de son fils qui se tenait toujours sagement à ses côtés, intimidé sans doute. Il se souvient de ce que disait sa mère lorsqu'ils arrivaient tous deux si respectueux des lieux : « *Comme il est sage ton fils ! Comme il est sage !* » Son regard se portait immanquablement vers Arthur qui comprenait, alors, qu'il n'était pas aussi sage que Pierre.

Les deux femmes installaient les enfants dans la cuisine où la bonne leur servait un goûter. Après cela ils avaient l'autorisation de jouer, dans le parc lorsque le temps le permettait, mais le plus souvent dans la chambre d'Arthur où Pierre s'émerveillait des jouets toujours nouveaux qu'Arthur avait reçus en cadeau.

Sa mère et Hortense se tenaient dans le petit salon, mais fréquemment, elles s'enfermaient dans la chambre. Il était interdit d'aller les y déranger… Arthur avait bien essayé quelques fois mais il s'était fait rabrouer de belle manière. Il avait tout de même pu voir les deux femmes apparemment occupées à essayer des vêtements et leurs tenues étaient troublantes pour le petit garçon qu'il était, leurs gestes étaient délicats, leurs attitudes semblables à celles des personnages des tableaux du grand salon. Il n'avait jamais encore vu sa mère pratiquement nue. Aujourd'hui encore, il gardait ses visions de charmes et de mystère.

Les années avaient passé ; arrêtant le cheminement de ses souvenirs sur les journées couture, il se demandait maintenant quelle sorte de relation sa mère et Hortense entretenaient.

Hortense et sa mère avaient-elles des secrets susceptibles de faire taire les reproches dont la maîtresse de maison aurait pu accabler son mari ?

Arthur pensait que cela pouvait être lié, ou alors il ne s'était rien passé entre Hortense et son père puisque celle-ci revenait chez eux autant de fois que sa mère le désirait. Elle la convoquait, c'était dans ses manières. Elle disait, il s'en souvient : « J'ai fait prévenir Hortense ! Elle viendra cet après-midi à 15 heures ! » Cela signifiait qu'elle serait occupée une bonne partie de l'après-midi... Qui donc pouvait se charger de transmettre la demande ? Cela n'était-il pas tout simplement convenu de visite en visite et tenu secret pour préserver le rapport de pouvoir : Hortense demeurait au service de Madame... Qui cela intéressait-il ? La servante en place, qui était ainsi prévenue ; elle savait qu'elle devait préparer un goûter pour les enfants et les emmener en promenade afin qu'ils ne soient pas dans leurs jambes pendant les séances de couture. Il se souvient à présent que, le plus souvent, la servante les emmenait faire les courses dans le village pour laisser les couturières en paix.

En fouillant dans ses souvenirs et en essayant de reconstruire et de relier des morceaux forcément flous et parcellaires de cette période maintenant très ancienne, il se rendait compte qu'il s'écartait de ce qui avait initié ses interrogations à partir de la paperasse du vieux Léon : y avait-il un doute possible que Pierre soit son demi-frère ?

Il était évident qu'une seule personne pouvait y répondre ! Les relations de sa mère et d'Hortense n'étaient que secondaires, même si peut-être en réalité toute leur histoire ne pouvait échapper à l'enchevêtrement des sentiments et à la préservation des convenances.

Arrivait-il à son père de se trouver là lorsque Hortense venait ? Il fouillait sa mémoire en vain mais ne pouvait s'empêcher de penser qu'eux, les enfants, partaient en promenade avec la bonne… Ces pensées-là le perturbaient. Il en venait à s'interroger sur la filiation du second fils d'Hortense, Julien ; celui-ci était-il également le fruit d'une relation entre son père et Hortense ? Il imaginait de lourds secrets que personne jamais ne pourrait révéler. Il essayait de se persuader qu'il se racontait des histoires.

Il savait seulement que son père avait manifesté un intérêt pour la scolarité de Pierre et qu'il semblait être fier de sa réussite. Il se souvenait que son père avait eu une très longue conversation avec le maître d'école non pas à son sujet mais au sujet de Pierre et des études qu'il aurait pu entreprendre… Il était prêt à en assurer le coût… eu égard à l'amitié qui le liait au vieux Léon, avait-il dit au maître. Il se souvenait bien de tout cela, il était dans l'usine et avait suivi la conversation, un peu triste que l'ambition de son père soit dans le devenir d'un autre que lui… Mais il n'était pas bon élève et il l'admettait avec un petit serrement au cœur.

Il avait recollé les morceaux de sa vie et il était prêt à répondre aux arguments de son père. Il ne chercherait pas l'affrontement mais se préparait à la riposte. Du moins avait-il fait le choix, si son père venait lui démontrer qu'il avait tort de vouloir épouser Juliette, de poser clairement la question de la dot à Hortense. Pourquoi une dot à une servante ? Il ne s'attendait pas à une réponse et son père, ayant peut-être flairé le risque, n'était pas revenu sur leur discussion.

Sa permission venait à sa fin et Arthur demeurait dans l'obscurité. Les secrets restaient des secrets. Il fit son paquetage et accepta que le chauffeur de l'usine l'accompagne à la gare. Le chemin n'était pas bien long à pied, il était même agréable à toutes les heures de la journée, surtout en été, mais l'heure était trop matinale pour espérer voir Juliette au passage. Il ferait à peine jour et même si elle se levait tôt pour s'occuper des bêtes, il n'aurait pas le temps de s'attarder, alors il passerait en voiture, très vite, en regardant une dernière fois la petite barrière, les jardinières aux fenêtres, imaginant Juliette peut-être encore au lit. Arthur pensait à tout cela en s'installant dans la C4 de l'entreprise.

Hector, le chauffeur, avait observé Arthur et le voyant pensif, s'abstint d'engager une conversation au-delà du « Bonjour monsieur Arthur ! Belle journée aujourd'hui ! »

La voiture avait ralenti un peu à l'approche de la maison de Juliette.

Hector attendait sans doute qu'Arthur lui demande de s'arrêter. Les deux hommes avaient alors échangé un regard mais Arthur était resté silencieux. Il avait observé avec intensité comme pour s'imprégner de cette dernière image de la maison de Juliette, pour l'emporter. Il pensait, bien sûr, qu'elle pourrait apparaître à la porte de la cuisine, mais pouvait-il espérer ce que seul un sentiment d'amour fou est capable de pressentir… Elle l'aimait bien, mais elle ne l'aimait pas vraiment et son cœur ne pouvait pas ressentir ces choses étranges et troublantes qu'on n'explique pas. Alors il chassa ce rêve. Lui, il savait qu'il l'aimait.

Il pensa soudain aux tracas dans lesquels elle allait se trouver maintenant qu'elle était seule. Il n'y avait pas pensé, insensé qu'il était à ne songer qu'à lui, et pourtant c'était évident : elle allait devoir faire face à tout, toute seule… Dans un mois tout au plus ce serait la moisson. C'était une lourde responsabilité pour elle, surtout dans son état. Savait-elle ce qu'il fallait faire ? Les autres, ceux qui avaient l'habitude de travailler avec le vieux Léon, l'aideraient-ils ? Il les connaissait. Il aurait pu aller les voir. Il se mit à en douter et s'en voulut de ne pas en avoir parlé à son père. Il écrirait à Juliette dès qu'il serait au cantonnement. Il écrirait aussi à son père.

La voiture avait déjà amorcé la descente vers la vallée, le calvaire se dessinait dans le ciel encore sombre entre les silhouettes des peupliers. Arthur se retourna pour le voir disparaître, comme on dit au revoir à un être venu agiter un mouchoir sur le quai d'une gare ou d'un port. Le calvaire était le bout du village, la fin d'un monde, un monde fait d'habitudes simples et rassurantes, son univers. La gare, pourtant très proche, était déjà un ailleurs, et là, la vie se déchirait. Les bruits étaient différents, les odeurs de goudron, oubliées, emplissaient l'air et lui piquaient la gorge.

Hector déchargea le maigre bagage du fils du patron et lui souhaita bon voyage.

— Vot' mère vous recommande de prendre bien soin de vous ! Elle me l'a répété dix fois ! « Surtout dites-lui de faire attention à lui. Il vous écoutera… Moi il ne m'écoute jamais… ! »

Sa mère ne se rendait vraiment pas compte que cela ne dépendait pas de lui ou alors il eut fallu pour suivre ses conseils qu'il se cachât dans le trou le plus profond !

Il en fit la remarque à Hector qui sourit.

— Les mères, c'est toujours comme ça monsieur Arthur !

Il tardait à Arthur d'écrire à Juliette et il se sentait bien empoté. Il avait beau ressasser les formules dans sa tête, rien ne sortait qui le satisfît vraiment. Cependant il fit les efforts nécessaires et, s'y reprenant maintes fois, il réussit à écrire une page, une page entière qu'il relisait et relisait pour s'assurer que tout était convenable. Il eut plus de facilités pour faire la lettre à son père car ce qu'il avait à lui dire était beaucoup plus simple et plus direct. Alors, il s'installa dans l'attente de la réponse qui, il le savait, demanderait au moins cinq ou six jours, ce qui était fort court si l'on tenait compte des circonstances... Il se sentait revenu au temps de l'enfance, le temps de l'impatience, du tout de suite. Il attendait déjà la réponse à son courrier qui n'avait pas encore quitté le bureau du vaguemestre.

IX

Demande en mariage

La factrice s'était arrêtée depuis un bon moment devant la maison de Clémence et si Juliette ne parvenait pas à entendre ce que les deux femmes pouvaient se dire, elle comprenait qu'elle était au cœur de leur conversation. Elle remarquait les regards tournés dans la direction de sa maison, la ponctuation des gestes, des haussements d'épaules, les arrêts comme des silences qui orchestraient la médisance devenue le fond de commerce de Clémence.

Juliette pensait avec plus de tristesse que de rancune que toute cette haine gratuite et vivace comme le chiendent était bien vile et indigne d'une femme dont le mari courait chaque jour mille dangers et ne reviendrait pas indemne de cette guerre atroce. Pierre avait payé le lourd tribut de ceux qui refusaient cette boucherie inutile, des Français l'avaient assassiné pour cela, assassiné était le mot qui lui venait naturellement à l'esprit. Sa seule faute avait été d'être ami avec celui qui parlait au nom de tous les autres, celui qui osait dire ce que tous ressentaient. C'est Arthur qui lui avait dit tout cela et Arthur ne pouvait pas mentir, lui qui, comme Pierre, vivait ce grand malheur qu'il appelait pudiquement « ce fichu métier ».

Comme s'il suffisait de traiter la guerre comme une occupation subie, une guigne dont il fallait s'accommoder…

« T'en fais pas ma Juliette ! T'en fais pas ! » Pierre lui disait souvent cela lorsqu'il la voyait préoccupée, lorsque dans son regard la tristesse qui traversait son cœur se fixait un instant. Il avait lu cette tristesse le jour où les gendarmes lui avaient apporté sa feuille de route. Il l'avait regardée longuement et elle sentait bien aujourd'hui que cette inquiétude, passée dans son cœur comme une morsure sournoise, était entrée en lui par ce regard soudain figé, bousculant sa naturelle insouciance. Alors il avait dit : *« T'en fais pas ma Juliette ! T'en fais pas ! »*

Les commères étaient toujours à l'ouvrage et Juliette, derrière le rideau qu'elle veillait à ne pas faire bouger même d'un souffle, ne pouvait se détacher de ce spectacle tant elle redoutait un nouveau malheur. La factrice finit par prendre congé de Clémence. Leur « au revoir » s'était ponctué d'un haussement de menton, et, ramenant sa lourde sacoche sur la hanche, « la Fernande » – c'était son nom – se dirigea vers le petit portail de la maison de Juliette…

Juliette attendit qu'elle franchisse la barrière, parvienne jusqu'à la porte et frappe… Elle attendit encore un instant pour ne pas montrer qu'elle était là, aux aguets, impatiente. Elle ne voulait pas montrer l'émotion qui, depuis un long moment, l'étreignait. Elle sentait bien qu'une chaleur lui était montée au visage. Elle devait être rouge comme une pivoine.

« La Fernande » frappa à la porte et n'attendit pas qu'on vienne lui ouvrir… C'était son habitude. Était-ce un manque d'éducation, un peu de culot ou une curiosité irrépressible qui la poussait à entrer chez les gens pour surprendre leur intimité ? Juliette vint à sa rencontre, de sa démarche qui devenait de plus en plus lourde à mesure que sa grossesse approchait de son terme.

Fernande ne fit pas de commentaire comme à l'accoutumée : des « Alors, c'est pour quand ? À voir comment tu marches, c'est un gars… c'est sûr ! » Non, elle dit en lui tendant une lettre :

— Bonjour ! Fait déjà chaud ! Y aura sûrement de l'orage avant ce soir !

Fernande était curieuse de nature et elle commentait toujours le courrier qu'elle distribuait : « C'est vot' mère ! C'est du front ! C'est des bonnes nouvelles ! » Même si les nouvelles pouvaient se lire, puisque le plus souvent c'était de simples cartes postales, l'effet était toujours comme une violation de l'intimité des gens. Mais Fernande n'en prenait pas conscience et se conduisait toujours avec la même indiscrétion, qui, parfois frisait l'espionnage quand le courrier était sous enveloppe. Alors il n'était pas rare de l'entendre dire : « Ça doit êt' un parent… Ça vient de Paris ! Ça s'rait bien vot' oncle Édouard ! » Personne n'osait la remettre à sa place car de toute façon elle avait tout le loisir de prendre connaissance des cartes postales et de pénétrer la vie du village entier en préparant sa sacoche pour sa tournée.

Fernande attendait parfois que la personne ait ouvert son courrier et scrutait le visage du lecteur, osant quelques : « C'est pas grave au moins ? » ou « C'est des bonnes nouvelles ? », toutes choses qui irritaient au plus haut point. Aujourd'hui elle sentit qu'elle n'obtiendrait rien car Juliette avait mis la lettre dans la poche de son tablier pour lui signifier qu'il était vain d'attendre qu'elle l'ouvrît. Le timbre d'oblitération de la lettre étant illisible, c'était bien là sans doute ce qui excitait tant la curiosité des commères : ne pas savoir d'où venait la lettre, donc ne pas pouvoir en connaître l'éventuel expéditeur. Elle sortit, sans fermer la porte, en marmonnant un :

— À tantôt !

Juliette poussa la porte qui gémit en frottant sur le sol.

« Oui ma Juliette ! Je vais la réparer “ta” porte !

— Mais non Pierre, tu ne la répareras plus cette porte ! »

Elle avait oublié combien elle avait tarabusté Pierre pour qu'il répare cette maudite porte... elle ne demanderait à personne de la réparer, elle était presque bénie aujourd'hui. La porte lui parlait de Pierre, Pierre parlait de la réparer comme il en avait toujours parlé, pour se moquer d'elle et la taquiner... Elle sourit en soulevant son ventre lourd. Elle s'assit près de la fenêtre, jeta un regard vers le chemin ; tout était calme du côté de chez Clémence. Elle aussi, la Clémence, en serait pour ses frais, sans doute espérait-elle apprendre quelque chose de cette lettre étrange par la Fernande. Juliette s'en voulait un peu de se laisser parasiter par les pensées supposées de sa mégère de voisine. Elle aurait voulu l'oublier tout simplement, mais celle-ci apparaissait à tout moment. Elle ne pouvait pas la faire disparaître... C'était bien dommage tout de même !

Juliette sortit la lettre de la poche de son tablier ; elle savait qu'elle était d'Arthur... elle n'attendait pas d'autre courrier. Elle prit un couteau pour la décacheter, le couteau que Pierre aimait aiguiser et dont la lame, à force de passer sur la pierre, était devenue mince et pointue comme un poignard.

« Ça, c'est le couteau de mon grand-père ! Je ne le donnerais pour rien au monde, ah non… Pour rien au monde ! »

À petits coups, elle coupa le papier et délivra une feuille pliée en quatre dont l'écriture appliquée était forte et puissante. C'était bien Arthur. Il avait écrit avec un crayon encre, ces crayons fuchsine qu'on mouille et qui donnent l'apparence de l'encre. C'est un outil pratique car il permet d'écrire dans les situations les plus inconfortables. Il laisse une trace violette souvent épaisse et il faut l'humecter régulièrement si l'on veut obtenir un effet régulier. Arthur semblait bien maîtriser cet outil. On reconnaissait l'utilisateur de ce crayon à la marque violette qu'il portait sur les lèvres…

Elle déplia la feuille entièrement. « *C'est ta cousine Lucie ?* » Pierre lui posait à chaque fois cette question car il savait qu'elle ne recevait guère d'autre courrier. Elle se sentit soudain coupable et se prit à penser « *Oui ! C'est Lucie !* » Elle se reprit et chassa cette pensée malvenue. Elle avait aimé Pierre, elle l'aimait encore mais il n'était plus là. Elle ne voulait pas l'oublier, mais elle ne voulait pas culpabiliser d'avoir laissé Arthur formuler sa demande en mariage. Certes, elle n'avait pas répondu, elle l'avait regardé avec force, sa gorge s'était contractée et elle avait avalé sa salive pour contenir son émotion.

Arthur avait bien senti cette émotion et n'avait pas insisté. Il savait qu'elle ne disait pas encore oui, mais qu'elle ne disait pas non, qu'elle ne s'attendait pas à cette demande et qu'il était normal qu'elle y réfléchisse. Arthur comprenait tout cela dans le regard presque effaré de Juliette.

Juliette mesurait l'immense espoir qu'Arthur faisait naître, pour elle – veuve d'un « lâche » comme on disait dans le village – et pour l'enfant qu'elle portait, marqué du sceau de l'infamie. Cette marque serait sur son nom et lui collerait à la peau comme une empreinte au fer rouge, celle des forçats d'autrefois. Elle en était consciente, terriblement consciente. N'avait-elle pas, craignant de ne pouvoir allaiter son enfant ou simplement soucieuse de trouver une nourrice éventuelle, perçu le mur des réticences ? En d'autres circonstances tout le monde autour d'elle aurait remué ciel et terre pour répondre à son inquiétude et préparer la venue de son enfant. Même l'accoucheuse n'avait pu cacher son embarras.

Cet enfant n'était pas encore là et il était déjà honni, elle le sentait bien. Inconsciemment elle attendait un garçon, un garçon à qui il faudrait raconter le destin de son père et toujours redire que ce destin était injuste. Jusqu'où faudrait-il assumer cela ? La demande d'Arthur lui parut si généreuse qu'elle se demandait si ce n'était pas un rêve éveillé, le résultat de toutes ses interrogations, de toutes ses craintes, de tout ce qui serait sa croix, son destin de honte et de larmes. Toutes ses angoisses et tous ses doutes refluaient d'un seul coup, mais fallait-il se réjouir maintenant, ne fallait-il pas faire preuve de patience ? Elle aurait tant souhaité balayer d'un revers de main les cruautés de la vie qu'elle eut un instant la sensation physique d'avoir fait ce geste et que tout était félicité.

Elle était bien vite revenue à la réalité, la paix semblait loin, les projets fous aussi et il fallait vivre comme tant de gens devaient vivre avec cette maudite guerre.

C'est Pierre qui vint la rassurer : « *T'en fais pas ma Juliette, t'en fais pas !* » Combien de fois avait-il prononcé cette phrase ? Elle se prit à sourire.

Arthur avait écrit sur un côté de la feuille. Le crayon encre ne permettait pas toujours d'écrire des deux côtés quand le papier était trop mince. Elle parcourut les premières lignes avec le plaisir que les femmes ont toujours d'entendre, à travers les mots, des paroles attentionnées.

« Chère Juliette, j'aurais tant voulu m'arrêter et te dire au revoir ou plutôt à bientôt mais l'heure était bien trop matinale. J'ai fait un bon voyage si je peux dire cela car ma destination n'était pas un

enchantement. Je ne pense qu'au moment où ce fichu métier sera fini, où je rentrerai au pays, où je pourrai veiller sur toi. J'ai parlé à mes parents. Je leur ai dit que je t'avais demandée en mariage. Il faudra bien qu'ils s'y fassent. Je ne désespère pas. Il faut que je te dise que j'ai rencontré un Canadien qui parle bien le français et qui m'a dit que vu mon métier, je trouverais facilement du travail dans son pays. J'ai pensé que c'était une bonne idée car là-bas nous pourrions commencer une vie nouvelle. J'avais hâte de t'en parler car je souhaiterais que tu y réfléchisses. Parles-en à tes parents. Je pense qu'ils n'y seraient pas opposés. Je te laisse, Juliette, en pensant très fort à toi. »

Juliette gardait la lettre à la main et, le regard perdu dans le vague, elle imaginait le départ, l'inconnu, le bateau, ses parents sur le quai, agitant leurs mouchoirs. Elle imaginait cela comme elle l'avait lu dans les livres. Elle avait vu la mer, elle avait vu des bateaux, mais pas des bateaux transportant des passagers. Elle imaginait déjà les bruits, les cris, les bousculades, l'effervescence qui devaient accompagner ces scènes de grands départs, de départ définitif. Elle se voyait avec l'enfant, son enfant serré contre elle, apeuré sans doute ; elle le rassurerait, cachant sa propre appréhension pour ne pas ajouter à sa peur. Elle savait qu'elle saurait faire cela. Elle se préparait au déchirement du départ parce qu'elle pressentait tout le malheur qui l'attendait, qui les attendait, ici, elle et son petit. La sagesse était là et l'expérience de sa jeune vie avait forgé son caractère : oui, il faudrait partir.

Arthur, même s'il ne l'avait pas dit dans sa lettre, attendait une réponse et Juliette s'en trouvait un peu embarrassée, d'abord parce qu'elle ne voyait guère d'autre chose à dire que l'idée lui semblait bonne mais qu'il fallait y réfléchir – même si, déjà, comme une porte qui s'ouvre, comme une délivrance, elle avait arrêté sa décision –, ensuite parce qu'elle aurait à aller à la poste et ainsi dévoilerait à Fernande le nom de son mystérieux correspondant. Elle entendait déjà les mégères. Elle s'en remettrait à sa mère ; elle, elle comprendrait la situation et ne refuserait pas de poster sa lettre en allant à la ville pour le marché du jeudi ou du samedi. Elle « faisait le marché » comme on dit, c'est-à-dire qu'elle y vendait le produit de son jardin et de sa basse-cour : quelques poulets et quelques lapins, parfois des canards. Ses parents se levaient un peu plus tôt ces jours-là car il fallait préparer la charrette et descendre dans la vallée pour tout charger dans le train. Dans la descente, Gaspard, le petit âne, ne faisait guère de caprices. Il se rattrapait au retour et tous les chardons du chemin étaient des occasions de faire une pause. Il avait pourtant toute la journée pour lui dans le pré de M. Amédée où son père le laissait jusqu'au soir. Juliette se souvenait de cela car elle avait souvent accompagné ses parents le jeudi, lorsqu'elle était enfant. À l'arrivée à la ville, un maraîcher de leurs amis leur assurait le transport de leurs cages à poulets et à lapins jusqu'au marché.

Elle se rassura donc en pensant qu'elle avait au moins deux jours possibles par semaine pour faire parvenir son courrier à Arthur sans éveiller la curiosité des commères. Alors elle se mit à réfléchir comme Arthur le lui avait demandé. Elle alla chercher une encyclopédie patinée par le temps et les nombreuses visites que Pierre y avait faites ; elle tournait les pages avec précaution, peu habituée à l'ordre alphabétique. Elle trouva enfin et lu avec attention ce que l'on disait sur le Canada.

Le Canada fut occupé par le Français Jacques Cartier, mais ne devint colonie française qu'au début du XVIIe *siècle, lorsque Champlain fonda Québec. Des Poitevins, des Normands, vinrent se fixer dans le pays, sur les rives du Saint-Laurent qu'ils mirent en valeur. Ils ne tardèrent pas à y être attaqués par les Anglais. Ils résistèrent mais, abandonnés par la métropole, ils furent écrasés sous le nombre et passèrent sous la domination anglaise…*

Elle pensa : « Tiens, il y avait des Normands ! Il y en a peut-être encore ! » Elle s'y voyait déjà moins étrangère.

X

La naissance

Arthur attendait l'arrivée du vaguemestre et serrait dans sa poche les premières lettres de Juliette, qu'il avait lues et relues… des lettres bien raisonnables. Il ne pouvait tout de même pas lui demander d'exprimer des sentiments amoureux ; lui-même ne s'y autorisait pas, mais il savait ce qu'il éprouvait depuis toujours et maintenant il connaissait l'impatience.

Du plus loin qu'il pouvait voir, il aperçut le vaguemestre qui tenait sa sacoche à la hanche et marchait d'un bon pas à travers le cantonnement.

Les hommes s'étaient rassemblés comme la limaille de fer s'agglutine à l'aimant. Il fut bientôt entouré et les regards de ces hommes étaient chargés d'espoir et d'inquiétude. Des vies se jouaient à chaque courrier, vies brisées des fiancés trop longtemps séparés, des couples fragilisés par l'attente et les passions imprévisibles.

Les bras se levaient à l'appel des noms, les lettres passaient de mains en mains jusqu'à leurs destinataires. Arthur avait bon espoir car il savait que le courrier, posté de la ville le jeudi lui parvenait le samedi et celui que la mère de Juliette glissait dans la boîte le samedi arrivait le mardi ou le mercredi… Il entendit son nom comme une récompense. La lettre passa par-dessus les têtes ; il la prit et se dégagea du cercle pour s'isoler et lire sa précieuse missive.

« *Mon cher Arthur…* » Ce n'était pas Juliette qui écrivait. Il lui passa dans la tête et dans le cœur une terrible crainte. Juliette avait réfléchi et elle revenait sur sa décision ; elle ne voulait plus l'épouser… Pourquoi a-t-il pensé à cela ? Il s'attendait tellement au pire qu'il n'avait même pas imaginé autre chose. Il s'était arrêté à « Mon cher Arthur » et n'avait pas lu la suite… Il se rendit compte qu'il déraisonnait. Il poursuivit donc sa lecture. La mère de Juliette avait en effet prit l'initiative de lui écrire et ce n'était pas pour lui annoncer le pire mais la naissance d'un garçon, d'un « Petit Pierre », ce qui expliquait que Juliette n'avait pu écrire elle-même. Mais la manière de commencer sa lettre avait inquiété le pauvre Arthur. En effet : « *Mon cher Arthur, Juliette ne peut vous écrire, et c'est moi qui m'en charge car, comme tous les jeudis je vais aller au marché. Il est arrivé quelque chose d'important et Juliette m'a demandé de vous en prévenir… Elle vient de mettre au monde un "Petit Pierre"…* »

Quelle frayeur inutile ! Le pauvre Arthur en riait à présent. La lettre de la mère de Juliette donnait peu de détails, et Arthur s'inquiéta encore à ne pas savoir si cela s'était bien passé en ces temps où les médecins sont eux aussi à la guerre et où les femmes, bien forcées, se débrouillent entre elles. Il n'était pas bien averti de la chose et se demandait qui, dans le village, avait pu l'aider à accoucher. La dernière lettre de sa mère l'avait rassuré quant à l'aide que son père avait trouvé pour la moisson, mais elle ne parlait pas d'autres choses, de ce qu'il aurait aimé qu'elle lui dise au sujet de Juliette, de son état, du projet qu'il avait fait, de sa demande en mariage… de tout ce qui le liait à la jeune femme désormais. Non, elle ne disait rien, désespérément rien… En rangeant la lettre avec les autres dans la poche de sa vareuse il s'arrêta sur l'adresse que le Canadien avait griffonnée au dos d'une enveloppe. Il la parcourut des yeux, se représentant un paysage, comme le lui avait décrit le Canadien : *Gustave Leblanc, Trois Rivières, Canada.* Ce doit être ce jour-là qu'il prit la décision de partir avec Juliette une fois la guerre finie.

Les jours suivants, Juliette lui donna de plus amples détails, sur le bébé bien sûr, mais aussi sur la vie de la ferme qui avait repris bien vite.

Sa mère venait la seconder chaque fois que cela lui était possible et les travaux des champs s'annonçaient favorablement depuis que le père d'Arthur avait pu obtenir que les Duval prennent en charge la moisson comme du temps du vieux Léon. Il leur avait promis d'envoyer deux ouvriers de la scierie pour compenser l'absence d'hommes. Arthur avait enfin les précisions qu'il aurait aimé que sa mère lui donne.

« Tu vois bien qu'ça s'arrange, Arthur ! Tu vois bien… » Pierre avait toujours été un incorrigible optimiste et il aurait pu lui dire cela… Il entendait encore : *« Il faut qu'on s'en sorte, il le faut ! »* Il avait quelque temps cédé au découragement, à la fatalité, mais maintenant il voulait vivre… Il aurait voulu dire à Pierre : « Tu as un fils ! Je l'élèverai, comme le mien ! » en pensant : « Ainsi, peut-être, rachèterai-je ce dont je ne suis pas fier ! »

Et puis, un jour, alors que Juliette s'était doucement installée dans cette relation épistolaire avec Arthur, où la tendresse se construisait petit à petit parce que la vie était la plus forte et parce que le malheur ne peut pas entrer aussi facilement dans le cœur des jeunes de vingt ans, elle reçut un courrier qui lui fit grand mal. Arthur venait d'être évacué vers l'arrière parce qu'il avait subi les gaz. Il ne lui donnait que peu de détails, pour ne pas l'inquiéter. Il ne savait pas lui-même ce que cela lui réservait, seulement il expliquait qu'il serait dirigé vers une destination inconnue.

L'automne s'annonçait, les matins étaient plus frais, les fleurs du jardin qu'Hortense lui avait appris à aimer perdaient leur éclat ; les unes après les autres elles se flétriraient ; Juliette irait, jour après jour, abréger leur déchéance en parcourant les allées. Ces visites quotidiennes au jardin étaient propices à la réflexion et depuis quelque temps une préoccupation revenait avec plus de force ; une préoccupation qu'il lui fallait dominer. Elle songeait aux projets d'Arthur et se demandait ce qu'elle allait bien pouvoir faire de cette ferme qu'elle ne se sentait pas capable d'exploiter seule. Elle n'était pas paysanne, elle avait épousé Pierre qui, s'il était fils de fermier, ne se destinait pas à ce métier ; il aurait voulu apprendre la mécanique automobile et se voyait plongé dans le cœur des moteurs depuis qu'enfant il avait respiré la poussière du circuit de Dieppe. Souvent il lui en avait parlé et si la guerre n'était venue briser ses rêves, sans aucun doute serait-il heureux dans le cambouis. Elle avait patienté, espérant le retour de Pierre qui l'enlèverait à cet univers pour lequel elle ne se sentait pas faite et qui l'emmènerait à la ville. Maintenant elle se retrouvait avec cette ferme qu'il lui fallait malgré tout préserver pour son fils.

Elle venait de vivre cette dure réalité avec les dernières moissons pour lesquelles elle avait été contrainte de solliciter l'aide des Vidal. Oh, bien sûr ils n'avaient pas rechigné ; le père d'Arthur était venu les voir et ils ne pouvaient rien lui refuser, mais elle se sentait tenaillée par cette dépendance.

Alors elle se dit qu'elle pourrait louer les terres et vendre le bétail. Il fallait qu'elle se décide avant les labours.

Dans ce jardin qu'elle aimait, penchée sur ses fleurs dont elle décidait de la fin avec chaque fois un petit pincement, elle en était doucement venue aux choix nécessaires pour elle et son enfant. Elle épouserait Arthur ; ils partiraient au Canada ; la ferme ne devait pas être un obstacle, une barrière, une entrave qui interdirait ce projet qui s'installait dans son esprit et prenait des couleurs de rêve, de salut, d'espoir ; son enfant serait protégé de l'injuste honte que les malins ne se priveraient pas de nourrir.

Sa décision était prise ; elle en parlerait à Arthur ; elle lui dirait même qu'elle avait pensé à autre chose et que cela serait bien. En effet elle se disait qu'en se libérant de la ferme elle pourrait se rendre en ville, chez un oncle qui l'accueillerait pour un moment, le temps de trouver un petit logement. Elle trouverait aisément du travail ; les hommes étant à la guerre, les femmes faisaient tous les métiers... Elle ressassait les mêmes pensées, les mêmes arguments qu'elle soumettrait à Arthur.

Elle avait surtout pensé à ce mariage ; il pourrait se faire à la ville, loin des regards haineux et des persiflages. Elle se sentit libérée d'une angoisse et cette idée lui plut ; elle n'aurait pas à baisser la tête, à fuir les regards, à entendre les quolibets sans pouvoir se défendre. Elle en ferait part à Arthur, il fallait qu'elle lui dise cela. Alors elle pensait à cette lettre qu'elle ferait le soir même pour que sa mère puisse la poster de la ville. Elle se disait que tout serait plus facile pour Arthur, pour lui comme pour ses parents à qui elle éviterait la gêne d'un mariage au village. Elle pensa à ses noces avec Pierre ; ce n'était pas si loin ; une inquiétude, presque une panique, s'empara d'elle : elle venait de se souvenir qu'il fallait publier les bans ; elle s'en était amusée lorsqu'elle avait entendu cela la première fois : « les bans », elle croyait même qu'il s'agissait de bancs sur lesquels on s'assoit, elle avait ri en apprenant que publier, c'était afficher l'annonce du mariage. Tout le monde serait au courant. Une déception passa ; elle avait oublié ce détail. Et puis une autre déception vint assombrir ses projets : quand cette guerre finirait-elle ?

Le panier d'osier était plein des fleurs flétries qu'elle avait sacrifiées ; elle avait fait le tour du jardin ; elle écrirait tout à l'heure à Arthur.

Elle s'était relevée et toujours soucieuse de ne pas regarder du côté de chez Clémence, elle prenait le chemin de la maison, consciente cependant, comme il arrive parfois, que quelqu'un l'observait. Elle s'attendait à une invective, une moquerie, une vilenie et sans presser le pas pour ne pas montrer son trouble, elle franchit le seuil de la cuisine accueillie par les pleurs du « Petit Pierre » qui réclamait la tétée. Elle en fut soulagée, elle avait une bonne raison de rentrer, elle ne fuyait pas, elle restait digne, même dans les situations les plus humbles.

Dans la cuisine, ayant pris son petit pour lui donner le sein, elle s'installa près de la fenêtre, là où le soleil de l'après-midi est doux comme une caresse. Elle se défendait de regarder par cette fenêtre mais là, debout à sa barrière, Joseph regardait vers chez elle. Il avait pu avoir une permission, elle ne l'avait pas su et ne l'avait pas vu arriver. Il ne devait pas être là depuis bien longtemps. Elle apercevait son visage ; il était loin d'exprimer ce que sa mégère de femme laissait jaillir dans ses moments de fureur, non, il était empreint de tristesse. Il resta longtemps ainsi. Sa femme ne s'était pas aventurée au-dehors, elle n'était pas non plus embusquée derrière ses carreaux. Juliette comprit que Joseph s'apprêtait à venir la voir, il avait profité du moment où elle était dans le jardin mais il n'était pas arrivé à temps. Elle n'avait rien contre le pauvre Joseph, elle l'aimait bien, surtout qu'avant le départ pour la guerre, il venait souvent prendre « une petite goutte » avec le « Père ». Elle n'était pas mécontente d'avoir ainsi le temps de se préparer à l'émotion qui ne manquerait pas de jaillir en elle aux premiers mots que prononcerait Joseph. Oserait-il venir jusqu'ici ou se contenterait-il de l'aborder depuis le chemin lorsqu'elle retournerait au jardin ?

Il avait entendu les pleurs de l'enfant et se doutait bien que Juliette était occupée. Une chose était sûre : il avait fait taire sa mégère et il entendait certainement montrer « qui portait le pantalon » – c'était l'une de ses expressions – et Juliette pensait qu'il avait dû souvent combattre pour avoir la paix chez lui.

Juliette retournerait au jardin après la tétée du petit car elle ne voulait pas que le brave Joseph crût qu'elle cherchait à le fuir. Le petit ne se pressait pas et Joseph s'était assis sur le banc de grès face au chemin. Juliette coucha l'enfant repu et sortit sur le pas de la porte. Elle regarda Joseph, marqua un temps et lui lança un :

— Bonjour Joseph ! Ça fait plaisir de vous voir !

Joseph s'était levé et se dirigeait vers elle. Il n'avait pas répondu mais il venait, il s'avançait sans hâte, d'un pas lourd. Il était là, tout près d'elle maintenant. Elle vit que ses yeux étaient rougis par l'émotion qu'il avait du mal à contenir ;

il lui prit les mains sans un mot et les serra, les tritura à lui faire mal. Tous deux se regardèrent dans les yeux jusqu'à ne plus voir que l'image floue de la douleur noyée de larmes. Elle abandonnait ses mains menues, malgré les meurtrissures du travail, aux grosses mains de Joseph qui les broyait. Mais elle n'en redoutait pas la douleur, au contraire cette douleur-là libérait de celle du cœur.

Joseph ne disait rien, il n'y avait rien à dire, tout était dit dans ces mains qui s'étreignaient. Juliette ne jeta même pas un regard vers la fenêtre de Clémence, elle ne pensait plus à elle, elle l'avait chassée de son esprit, elle et sa haine. Machinalement, comme au bon temps d'avant, elle dit à Joseph :

— Vous savez, le « Père » n'a pas bu toute sa « goutte »…

Joseph fut soulagé que Juliette ait rompu le silence et, ravalant sa salive, il répondit à l'invitation déguisée qu'elle lui faisait :

— Eh ben ! J' goutt'rais ben ine p'tiote gout' à sa santé !

Le rideau de la fenêtre d'en face bougea légèrement ; Clémence était là, qui devait retenir son fiel.

Le soir même, Juliette s'assit à la petite table sous la fenêtre de la chambre pour profiter des dernières lueurs du jour et, rassemblant les idées qu'elle avait eues au jardin, elle entreprit d'en faire part à Arthur. Elle savait qu'elle prenait une initiative importante et fit et refit cette lettre plusieurs fois. Elle en vint à bout avant que le soleil ne lui retire son dernier rayon et ne l'oblige à finir à la lumière de la lampe à pétrole. Elle relut sa lettre :

« Cher Arthur,

Je suis inquiète pour ta santé et je voudrais bien que tu me donnes des détails sur ces gaz, ici on dit les pires choses à ce sujet.

J'ai tardé un peu pour t'écrire cette semaine car j'ai réfléchi à des choses importantes. Je ne peux m'occuper seule de la ferme alors j'ai pensé à louer les terres et à vendre le bétail. Les Vidal seraient peut-être intéressés vu qu'ils connaissent bien ces terres et qu'ils savent ce qu'elles donnent. Je pensais que je pourrais demander conseil à ton père car il s'est bien occupé de la ferme à la moisson, il me semble même que ce serait plus convenable ainsi.

Arthur, si j'ai pensé à cette solution, c'est aussi parce que tu m'as demandé de t'épouser et de partir avec toi au Canada. Si cela doit se faire, je ne voudrais pas que le mariage ait lieu au village, à cause des mauvaises langues. Alors j'ai pensé à aller à la ville, chez mon oncle tout d'abord, juste le temps de trouver du travail et un petit logement. Cela serait mieux pour tes parents aussi. Et puis, si nous devons partir loin, il ne faut pas que nous ayons la ferme sur les bras. La vendre demanderait du temps et je me sens obligée de la garder pour "Petit Pierre", alors, s'il faut la louer, il faut le faire avant les labours.

Prends bien soin de toi et que la guerre finisse vite.

Je t'embrasse, mon cher Arthur. »

En lisant cette lettre de Juliette faisant part de ses craintes pour le mariage, et de sa stratégie pour ne pas avoir la ferme sur les bras comme elle disait, il entendit Pierre murmurer à son oreille :

« *Elle a de la jugeote la Juliette !...* » Et il revit Juliette, Pierre et quelques autres sur la place du village un jour de foire ; une fermière en costume traditionnel, hennin et tablier à dentelle, proposait aux badauds de donner le poids de son panier dans lequel étaient entassés, pêle-mêle, pots de confiture, sucre d'orge de Rouen, canard et poulet ainsi que d'autres victuailles. Juliette en avait donné le poids exact et comme on lui demandait comment elle avait fait pour trouver, elle s'était écriée : « Des poulets et des canards, j'en tâte toutes les semaines pour le marché de la ville et d'un coup d'œil je peux en dire le poids... Il suffit d'ajouter le poids des produits qui sont dans le panier et ce poids est indiqué sur les articles... Et voilà ! »

Et Arthur pensa : « Eh oui, elle a de la jugeote, la Juliette ! »

Arthur reçut la lettre de Juliette avec un peu de retard car il avait été évacué dans un hôpital de Grenoble comme il le lui avait laissé entendre mais il n'avait pu lui en donner l'adresse à temps. Ceci expliquait l'inquiétude de Juliette qui se demandait si Arthur, tardant à lui répondre, n'avait pas changé d'avis. C'est donc avec fébrilité qu'elle prit la lettre des mains de Fernande, la factrice et, lui tournant le dos, elle la laissa toute pantoise sur le pas de la porte.

Juliette avait disparu au fond de sa cuisine ; Fernande referma la porte et reprit sa tournée, emportant son étonnement qui lui avait cloué le bec. Elle prit le temps de s'asseoir et découpa avec application l'enveloppe de papier épais dont le rabat avait été collé avec soin. Elle déplia la lettre d'Arthur et en entreprit la lecture avec appréhension, la crainte d'une déconvenue lui donnait un léger tremblement qui ajoutait à son impatience.

« *Ma chère Juliette,*

Tout d'abord je tiens à m'excuser du retard mis à te répondre. Ta lettre m'a suivi jusqu'ici où je suis arrivé voilà trois jours. Je t'avais dit que je serais envoyé vers une destination inconnue, eh bien c'est un hôpital à Grenoble. Les examens ont occupé une bonne partie de mon temps avec l'installation, c'est aussi pourquoi je n'ai pu te répondre plus vite.

J'ai très bien compris ce qui t'inquiète au sujet de ma santé et je tiens à te rassurer, il semblerait que c'est moins grave qu'il n'y paraissait. C'est ce qu'on nous dit ici.

Pour ce que tu m'expliques au sujet de la ferme, je comprends bien ton souci et je pense que l'idée de mettre les terres en location et de vendre le troupeau est une bonne chose. En effet tu trouveras un emploi assez facilement. Fais donc pour le mieux et prends conseil auprès de mon père. Évite cependant d'évoquer le mariage, laisse-m'en la charge. Ne parle pas davantage de départ pour le Canada. J'ai évoqué la question et comme ils n'ont pas daigné me faire part de leur point de vue, je pense qu'il serait maladroit de mettre cela sur le tapis maintenant. Je sais bien sûr que c'est surtout parce que tu y as pensé que l'idée de te libérer de la ferme t'est ensuite venue.

Toi, tu veux partir à la ville parce que tu ne peux assumer la responsabilité de la ferme. Mon père peut comprendre cela puisqu'il est intervenu pour te trouver de l'aide au moment de la moisson, c'est donc naturel que tu t'adresses à lui pour lui demander conseil. C'est suffisant pour l'instant. Laisse-moi faire le reste au moment opportun.

J'espère, ma Juliette, que le printemps prochain nous sera bienveillant. Cette guerre finira bien un jour. J'allais oublier de te dire que j'ai bien aimé que tu me parles des projets de mariage car jusque-là, si tu n'as pas dit non, tu n'avais jamais dit oui… Je peux donc te donner un baiser d'amour, ma Juliette. »

Juliette plia la lettre et la remit dans son enveloppe. Elle vérifia qu'il y avait bien la nouvelle adresse d'Arthur, ce pauvre Arthur dont elle avait mis en doute la parole… Elle s'en voulut. Elle regarderait dans l'encyclopédie de Pierre où se trouve Grenoble.

« Petit Pierre » se fit entendre et Juliette revint aux choses simples et si souvent recommencées de sa vie de jeune mère. Dans un coin de la cuisine, « Petit Pierre » s'agitait en geignant avec force. Elle le prit pour lui donner le sein. Elle était rassérénée et se mit à chantonner doucement.

« *Tu es gaie, ma Juliette.* »

Elle se prit à répondre à cette voix de Pierre :

— Oh ! Non ! Je ne suis plus triste pour ce petit de toi !

XI

Petit Pierre

Pierre revenait à lui. Il se demandait comment il se trouvait enchevêtré dans cet amas de poutres qui le maintenaient prisonnier. Il tenta de se dégager mais une violente douleur à l'épaule l'en empêcha. Dans le ciel au-dessus de la ville, les vrombissements et les sifflements des avions en piqué, et autour de lui la mitraille et les explosions, se répondaient comme tambours et cymbales d'un formidable orchestre de mort. Il entendit parler allemand et comprit tout de suite qu'il ne devait plus bouger, surtout ne plus bouger. Il s'était rendu compte en tendant le cou le plus qu'il pouvait qu'il se trouvait dans un chantier, coincé sous les madriers, les poutres et des débris de bois calciné. La palissade contre laquelle il s'était précipité pour se protéger avait une porte qui s'était ouverte brutalement cédant sous la poussée et se refermant aussitôt, le projetant dans les décombres. Il pouvait voir cette porte ; elle était munie de charnières en morceaux de pneu et il comprit pourquoi elle s'était refermée avec autant de rapidité. Elle lui avait certainement sauvé la vie et il bénit l'ingéniosité des ouvriers de ce chantier. Il avait perdu son casque qui trônait en équilibre sur une planche. Il avait perdu aussi son fusil qui devait être coincé quelque part sous l'amas de bois. Où étaient ses compagnons ? Il en avait vu deux qui s'étaient réfugiés dans une pissotière, derrière l'église – la cathédrale, avait dit le sergent – là où ils devaient se regrouper. Une rafale de mitrailleuse les avait fauchés, laissant une ligne de trous dans la tôle de zinc. C'est à ce moment qu'il avait plongé sur la palissade, s'assommant dans sa chute. Il entendait toujours parler allemand. Il ne fallait pas bouger. Les siens allaient bien venir, c'était certain. Le lieutenant avait donné la consigne : regroupement derrière l'église. Il était derrière l'église et, mis à part les deux gars qui venaient de se faire descendre dans la pissotière, il se demandait s'il n'était pas le seul à être parvenu jusqu'au point de ralliement. Où étaient les autres ? Son épaule gauche lui faisait horriblement mal et il ne pouvait pas dégager son bras droit sans risquer un effondrement de l'amas de bois qui aurait attiré l'attention des soldats allemands. Alors il se tint tranquille et attendit l'oreille tendue, espérant entendre des mots prononcés dans sa langue. Il n'avait pas remarqué qu'il avait crevé un sac de plâtre et qu'il en était recouvert, tel un clown blanc.

Il pouvait voir au-dessus de la palissade la plaque de rue, sur le mur de la maison d'en face. RUE DE LA MARTINIÈRE. Il se dit qu'il ne l'oublierait jamais... 19 août 42, rue de La Martinière, à Dieppe. À quelques kilomètres de son village natal... Village qu'il ne connaissait même pas... Il en était étonné. Il ne pensait jamais se trouver là.

Le calme étant revenu, il avait fini par s'assoupir, rompu de fatigue et peut-être affaibli par sa blessure. Perdait-il du sang ? Il ne se posait pas cette question... Combien de temps avait-il dormi ? La ville s'éveillait. Des véhicules qu'il devinait être des engins militaires manœuvraient non loin de là.

La porte du chantier s'ouvrit soudain. Il sentit sa dernière heure arrivée... Une rafale de mitraillette le clouerait pour toujours dans l'enchevêtrement des poutres. Une baïonnette l'éventrerait comme le couteau du chasseur achève l'animal pris au piège... Il avait fermé les yeux par réflexe et retenu sa respiration. C'est alors qu'il entendit des voix d'enfants.

— Regarde, regarde... un casque anglais...

— Bouge pas... bouge pas... Y a un homme sous les poutres, là, regarde, il a le visage tout blanc de plâtre... Il est mort...

— Non, regarde, il a bougé les yeux !

Pierre respirait, il respirait mieux, il respirait fort, soulagé de voir ces deux gamins qui avaient su garder leur sang-froid et n'étaient pas partis en criant : « Y a un macchabée dans le chantier, Y a un macchabée dans le chantier ! »

Les deux gamins s'étaient penchés sur Pierre et le plus hardi certainement osa, à voix basse :

— Vous êtes vivant ?

L'autre, le poussant du coude, dans un chuchotement :

— Tu vois bien qu'il est vivant puisqu'il bouge les yeux !

Pierre, rassuré, leur dit :

— Oui, je suis vivant mais je crois que j'ai l'épaule cassée !

Ils retinrent difficilement leur surprise et il leur fallut faire un effort pour ne pas s'exclamer et continuer à chuchoter :

— Vous parlez français ! Vous êtes Français ?

Pierre leur expliqua qu'il était Canadien, enfin, Français mais aussi Canadien. Il aurait voulu leur expliquer qui il était vraiment, mais cela était bien compliqué et inopportun.

Les deux enfants avaient pris conscience de la gravité de la situation. Des tracts avaient été jetés qui invitaient la population à ne pas prendre part aux événements afin d'éviter les représailles, d'ailleurs, dans les décombres du chantier, l'un de ces tracts était resté accroché aux planches et s'agitait dans les courants d'air.

« Français ! Ceci est un coup de main et non pas l'invasion. Nous vous prions instamment de n'y prendre part en aucune façon et de ne rien faire qui puisse entraîner des représailles de la part de l'ennemi. Nous faisons appel à votre sang-froid et à votre bon sens. Lorsque l'heure sonnera, nous vous avertirons. C'est alors que nous agirons côte à côte pour notre victoire commune et pour votre liberté. »

Presque ensemble, ils proposèrent d'avertir les ouvriers du chantier afin que ceux-ci, s'ils venaient à reprendre leur travail, ne provoquent une catastrophe. Ils avaient déjà échafaudé un plan, simple en soi : évacuer le Canadien dans un camion sous les débris du chantier. Il fallait en parler aux ouvriers. Ce qu'ils ne savaient pas, c'est que l'amoncellement de débris était justement là parce que les ouvriers n'avaient pas trouvé de camion pour les évacuer.

Pierre put, avec leur aide, dégager son bras droit et ses jambes. Il ne pouvait que se rendre à l'évidence : son bras gauche était fracturé et la douleur était vive, tellement vive qu'il ne réussissait pas à savoir si c'était l'épaule ou le bras. En déchirant son battle-dress il se rendit compte que son bras avait une drôle de pliure. C'était donc l'avant-bras et non l'épaule ; cela lui sembla moins grave ainsi. Il fallait immobiliser le bras. Le plus entreprenant des enfants, le plus hardi trouva tout de suite : il rassembla quelques bouts de lattes prises dans les débris d'un plafond, il en dégagea soigneusement le plâtre et confectionna une attelle. Pierre en était tout étonné et admiratif. Ils l'installèrent dans la cave de l'immeuble qu'ils connaissaient comme leur poche et qui leur servait depuis plusieurs mois de quartier général. Pierre n'osa pas leur dire qu'il mourait de faim ; ceux-ci s'en rendirent compte en remarquant ses gestes maladroits pour atteindre son sac et fouiller dedans. Ils lui demandèrent :

— Vous cherchez quoi ?

— Je regarde s'il y a quelque chose à manger dans mon sac…

— On va vous trouver ça ! Bougez pas de là !

Ils ne tardèrent pas à revenir, s'excusant de n'avoir à lui proposer qu'un peu de camembert et du pain, espérant qu'il allait aimer ça, lui qui ne devait sans doute pas être habitué à cette nourriture. Pierre les aurait embrassés.

— Mais vous ne m'avez pas dit comment vous vous appelez ?

— Moi c'est Paul, lui c'est Jacquot, dit le plus hardi.

— Moi c'est Pierre !

Il leur raconta alors son aventure et commença par l'histoire de sa mère et d'Arthur. Il ne se sentait pas assez fort pour évoquer le drame qui avait emporté son père, drame qu'il ne connaissait que depuis peu et qui l'avait poussé à s'engager.

Alors les enfants écoutèrent l'histoire de Juliette et d'Arthur partis aux premiers jours de 1919 après que la guerre fut finie pour tenter leur chance dans ce grand pays qu'est le Canada. Arthur était scieur de long ; il avait une grande expérience du bûcheronnage et du travail du bois. Il avait travaillé dur et avait monté une fabrique de pâte à papier. Pierre sentait que les enfants l'écoutaient avec intérêt mais ils auraient souhaité connaître comment il s'était retrouvé là pour ce « coup de main », comme le tract le disait. Les faits de guerre les passionnaient davantage que les exploits des bûcherons dans les forêts canadiennes, alors Pierre leur raconta l'approche, la rencontre avec un convoi allemand qui les avait pris à partie au large de Dieppe, ce qui avait révélé leur présence et certainement permis aux défenseurs de s'organiser et de les arrêter. Il leur raconta l'arrivée des péniches de débarquement ; l'ouverture des portes et l'assaut. Un gars de son groupe, surpris de ne pas trouver du sable mais des galets, avait pesté : « Putain… ! C'est des cailloux ! » Les galets roulaient sous leurs pas et dans la précipitation certains tombaient ; beaucoup ne se relevaient pas ; les balles ennemies les avaient fauchés dans une grêle de fer et de feu. Il parla du muret derrière lequel il s'était protégé, du feu nourri qui prenait l'esplanade de la plage en tir croisé. L'ennemi tirait depuis les falaises, de part et d'autre de la ville mais aussi depuis les immeubles du bord de mer.

— On aurait dit qu'il y en avait un à chaque fenêtre !

Et puis il parla de l'assaut du casino qu'il fallut gagner après une course à découvert où presque tous les hommes de son groupe furent abattus. Après le casino qu'ils réussirent à prendre, l'objectif était de pénétrer dans la ville. Il ne parla pas de combat au corps à corps pour prendre les casemates du casino. Il dit simplement que les Allemands n'avaient peut-être pas eu le temps de les fortifier suffisamment. Cela ne semblait pourtant pas dans leur habitude…

— Nous, on devait se regrouper derrière l'église. J'y suis arrivé avec deux autres gars… Mais eux y sont restés.

Pierre avait dit cela avec de l'émotion dans la voix et les enfants ne lui racontèrent pas qu'ils avaient vu des hommes, réquisitionnés par les Allemands pour ces tâches morbides, enlever les corps des malheureux.

Au bout d'un long moment pendant lequel Pierre parla de choses et d'autres sur le Canada, la guerre, le raid tragique, il prit confiance et évoqua son origine. Il leur dit qu'il était né près d'ici et qu'il y avait encore de la famille, la famille de sa mère et la famille de son père…

Les deux enfants le regardaient avec une pointe d'incrédulité. Ils avaient déjà été bernés par un drôle de gars qui leur avait raconté des histoires à dormir debout et, rapportant la chose à la maison, ils avaient été priés par leurs parents respectifs de rester sur leur garde… La leçon semblait avoir porté ses fruits.

Pierre perçut leur doute et abandonna l'idée de leur parler de sa famille d'ici. Il revint à des choses plus concrètes et incontournables : son état et son souci de gagner une cachette sûre à défaut de retrouver ses compagnons. Il se dit qu'il trouverait bien le temps de leur raconter sa drôle d'aventure dans cette monstrueuse tragédie.

Les enfants, à nouveau rassurés et confiants, lui procurèrent de l'eau et des provisions pour tenir un jour ou deux dans la cave de l'immeuble en chantier.

Dans la pénombre de cette cave fraîche et humide, où les bruits de la ville parvenaient étouffés, comme en pointillé, Pierre retrouvait ses moyens. Évidemment, son bras gauche sanglé dans une attelle et reposant dans une écharpe de fortune lui interdisait certains mouvements mais il ne souffrait plus et s'accommodait de la chose avec un fatalisme qui le surprit. Une petite voix lui disait : « *Tu t'en sors pas trop mal, petit !* » Était-ce la voix d'Arthur ? Était-ce celle de son père ? Arthur lui avait tellement parlé de son père et des événements tragiques mais aussi comiques auxquels ils avaient été mêlés qu'il avait l'impression de connaître sa voix, de l'avoir déjà entendue… et il avait besoin de l'entendre : « *Tu t'en sors pas trop mal, petit !* » Il en convenait et puis il n'était pas seul ; les deux gamins avaient fait preuve de beaucoup de présence d'esprit et de courage. Mais que faisaient-ils donc dans cette cave ?

Pierre le leur demanda et les gamins lui racontèrent leur aventure souterraine. Ils avaient semble-t-il l'âge que pouvaient avoir Arthur et son père et, comme pour eux leur grange, ils avaient investi cette cave dans laquelle ils avaient établi leur quartier général et caché leur trésor. Ce trésor était constitué des douilles ramassées ici et là et la veille avait été pour eux un jour faste. Ils expliquaient cela à Pierre et pour donner du sérieux à leur récit, ils étaient allés chercher la pièce maîtresse de ce trésor : un petit obus qu'ils apportèrent en le tenant avec l'aisance des vieux soldats aguerris.

Pierre sursauta en voyant l'engin et ne put retenir un :

— Vous êtes complètement fous ! Posez ça doucement ! Doucement, j'vous dis !

Les gamins s'exécutèrent, surpris et vexés par cet ordre aussi surprenant qu'exagéré pour eux.

Pierre leur fit des remarques de prudence qu'ils n'étaient pas habitués à entendre car leurs parents étaient certainement à cent lieues de se douter de leurs activités.

En tant que soldat, Pierre pouvait se permettre de faire des remarques sur les armes et les munitions ; il avait eu peur pour eux, mais pour lui aussi, c'était évident. Alors, du coup, leur témérité se teinta de bravoure, mais ils n'en dirent rien.

Le calme était revenu dans la cave et Pierre interrogea les enfants sur ce qu'ils avaient pu voir à l'extérieur et ce qu'en disaient les gens. Ils n'attendaient que ça, fiers de raconter ce que les grands disaient et ce qu'ils avaient vu de leurs propres yeux. Le plus assuré, Paul, se lança dans un récit fourni, ne laissant pas la parole à son camarade qui pourtant aurait bien voulu glisser quelques mots... Mais c'était certainement souvent comme ça, à voir le regard dépité de ce dernier.

— Y a encore plein de morts sur la plage. Les Boches ont réquisitionné des hommes pour enlever les morts et les blessés. Ils sont venus dans des camions... Une douzaine au moins par camion...

Y en avait sept, des camions... On est allés voir en passant par les chicanes... Les chicanes, c'est les murs que les Boches ont construits au bout de toutes les rues qui mènent à la plage... Les Boches nous ont coursés... « *Raoust, Raoust !* » qu'ils disaient... « *Verboten ! Verboten !* » Y en a même un qui nous a crié « Garrrnement ! » On a vu des prisonniers à moitié nus. Mon père dit qu'ils voulaient regagner les bateaux et qu'ils n'ont pas pu. D'autres racontent que les Boches les ont fait se déshabiller parce qu'ils disent que les Anglais ne se battent pas s'ils sont à poil !

— Il paraît qu'il y en a qui se sont sauvés à poil ! C'était pas des Anglais !

Jacquot avait pu glisser son commentaire et il riait de bon cœur... Paul reprit tout de suite la parole après avoir jeté un regard peu amène à son camarade qui, non seulement lui avait coupé la parole, mais faisait un commentaire inutile et en riait sans ressentir une quelconque gêne...

— Les gens leur lançaient des vêtements et des chaussures !

Jacquot, enhardi par sa première intervention, se permit de glisser :

— T'as pas parlé des chars !

— Ah ! Oui, les chars sont restés sur la plage, les chenilles ont lâché dans les galets... Personne ne comprend ça... Mon père dit qu'ils n'ont pas pu dérouler les grillages sur les galets, les rouleaux sont restés sur la plage ou sur les péniches de débarquement qui ont explosé avant d'atteindre la plage... Y a un char qui est arrivé jusqu'à la rue de Sygogne...

— Des cigognes !

— Non ! C'est la rue de Sygogne, pas des cigognes ! T'en as vu des cigognes ici ? Sygogne, c'est un personnage célèbre, enfin certainement.

Et Paul continua :

— Il paraît aussi qu'un groupe est arrivé jusqu'au quartier du Bout-du-Quai. Ils ont fait sauter plein de camions... enfin, deux ou trois... Mon père dit aussi que les Boches ont placé des canons au bout de la rue Duquesne pour tirer vers la plage, à l'horizontale. C'est la seule rue à ne pas être barrée par un mur. Les obus ont soulevé la plage, les chars et tout et tout...

Il s'arrêta un instant parce que dans le « tout » il y avait des hommes déchiquetés, pulvérisés au milieu de la ferraille. Son père avait dit : des bras, des jambes, des morceaux de corps... Il n'ajouta pas cette horreur : c'était des compagnons de Pierre...

Jacquot qui s'impatientait à nouveau de ne pouvoir placer un mot, s'aventura :

— Ton père, il sait tout ! C'est parce qu'il travaille avec les Boches !

— T'es pas bien, il est gardien de la paix, y peut pas travailler avec les Boches ! Il est aux ordres du commissaire !

— C'est tout comme !

Pierre crut qu'il était nécessaire d'intervenir.

— Bon, les gars, vous n'allez pas vous chamailler alors que vous venez de sauver un allié ? On est tous dans le même camp ! Non ?

Jacquot en profita pour garder l'initiative.

— Y a un prisonnier qui a dit en passant à côté de nous : « On est du Royal... » Ah, je ne sais plus... « du Royal... » quelque chose...

— Hamilton ! Royal Hamilton Light Infantry.

Pierre avait apporté la précision en montrant l'insigne qu'il portait à l'épaule et qui avait disparu dans le plâtre qui couvrait ses vêtements.

— Ah ! Oui, c'est ça ! Royal Hamilton. Je vais m'en souvenir ! Je n'avais même pas vu votre insigne !

— Bien sûr que tu n'as pas pu la voir... elle passe inaperçue et ce n'est pas elle qui me trahira. Par contre – montrant son camouflage de Pierrot –, si je sortais comme ça, là, je ne passerais pas inaperçu...

Et ils rirent tous les trois à la pensée d'une telle situation.

Le plus timide continua, profitant de l'accalmie :

— Il y a des incendies partout. Surtout aux Tabacs vers le port. Pour fumer, ça fume !

Et ils rirent de bon cœur. « Les Tabacs » désignait le bâtiment de la Manufacture des Tabacs qu'on surnommait ainsi par commodité. Qu'il parte en fumée les amusait beaucoup ; leur rire prouvait qu'ils n'avaient pas encore pris pleinement conscience de l'ampleur de la tragédie.

XII

La vérité

Pierre avait retourné un casier à bouteilles pour s'en faire un siège et s'était adossé au mur de briques sombres et humides suintant le salpêtre et les moisissures noires qui lui rappelaient les odeurs de bois en décomposition. D'ailleurs, l'odeur qui emplissait la cave venait surtout de ces planches largement pourries qui jonchaient le sol.

Soudain les enfants entrèrent avec son fusil qu'ils avaient réussi à dégager dans l'enchevêtrement de poutres et de madriers. Le plus gaillard le portait fièrement et Pierre eut, une fois encore, une frayeur :

— Attention, il est chargé ! Ne touche pas la détente !

Le gamin était à présent pétrifié à l'idée de commettre une faute qu'il aurait sans nul doute évitée si Pierre ne l'avait pas paniqué. Il s'approcha avec mille précautions, redoutant de trébucher, les mains soudées à l'arme. Pierre la saisit et la dirigea vers le plafond, l'immobilisant entre ses jambes pour la neutraliser. Il se rendit compte que le maniement de l'arme nécessitait l'usage des deux mains… et par conséquent qu'elle devenait absolument inutile.

Les deux gamins semblaient fâchés d'avoir subi une seconde remontrance, eux qui se sentaient devenus importants, grands chez les grands dans ce désordre qu'ils considéraient comme un jeu. Pierre les observait : quel âge pouvaient-ils avoir ?… Il pensa à son père et à Arthur ; il les vit tout comme eux, l'un plus entreprenant que l'autre. Celui-là, c'était son père, du moins à ce que lui avait raconté Arthur qui parlait de Pierre comme d'un héros. Disait-il cela pour le glorifier et se faire pardonner son long mensonge ? Car il était l'auteur d'un mensonge très lourd qu'à l'époque le « Petit Pierre » eut bien du mal à pardonner.

C'était un soir d'automne, « Petit Pierre », se jeta dans les bras de Juliette, sa mère, et partit en sanglots.

— Comment ça s'fait que je m'appelle pas comme papa et comme toi ?

À l'étonnement feint de sa mère qui avait froncé les sourcils et plissé le front en signe d'interrogation, il ajouta :

— C'est le maître qui m'a appelé Pierre Tilniac ! Moi j'veux pas, j'm'appelle Bonnal, comme toi et comme papa…

Juliette avait toujours voulu qu'Arthur explique à « Petit Pierre » qui était son père, mais Arthur pensait que viendrait le temps, où il serait plus facile de dire ces choses à un enfant plus grand. Et puis la fatalité voulait que « Petit Pierre » ressemblât à Arthur plus qu'à son vrai père. À toutes les occasions, il avait entendu les gens dire « Ah ! Monsieur Bonnal, comme votre fils vous ressemble ! » et ceci l'avait longtemps troublé par la suite. Au point qu'adolescent il s'était demandé s'il n'était pas le fruit d'une liaison coupable entre Arthur et sa mère. Il fallait simplement se rendre à l'évidence : il ressemblait à son oncle, puisque Arthur était le demi-frère de son père. Arthur pensait peut-être que « Petit Pierre » resterait dans l'ignorance et s'en trouverait bien ainsi car ils étaient très heureux ensemble, à commencer par Arthur. Il pensait donc que celui qui l'appelait « papa » vivait aussi ce bonheur. Il n'avait pas compté sur les autres, et les autres n'étaient pas forcément soucieux de cette douce existence construite sur un pieux mensonge, un mensonge par omission.

« Petit Pierre » avait pleuré, « Petit Pierre » ne comprenait pas. Alors, sa mère avait sorti les quelques photos qu'elle avait où elle posait à côté de son père, photos qu'elle tenait dans un tiroir de sa commode, enfouies sous la lingerie mais pas oubliées, seulement tenues dans la discrétion du cœur. À partir de ce jour, l'une de ces photos gagna le droit de trôner sur la cheminée à côté de celles des grands-parents un peu apprêtés et d'Arthur en fier bûcheron. Et « Petit Pierre » était devenu Pierre. C'était comme une seconde naissance. C'était une libération pour Juliette et Arthur qui faisaient entrer Pierre, enfin, dans leur maison. Arthur lui avait demandé de ne plus l'appeler « papa » mais « Arthur », expliquant qu'ils étaient maintenant des hommes et qu'entre hommes on parlait ainsi.

— Tu comprends ?

— Oui, papa !

— Comment ?

— Oui ! Arthur !

Sur son casier à bouteilles, observant ces deux gamins, il entendait Arthur se débattre dans ses maladresses. Il avait connu de belles années, partagé tout de même entre les élans de tendresse et les doutes qui parfois s'immisçaient dans les fissures du cœur.

Pierre ne passait jamais devant la cheminée sans un regard d'émotion pour ce père dont Arthur, soudainement libéré de son mensonge, s'appliquait à conter les mérites. Il les avait donc réunis comme ces deux enfants qui aujourd'hui semblaient inséparables et il entendait le récit d'Arthur ponctué des mots de son père. Il lui semblait entendre sa voix, Arthur y avait mis tant de chaleur qu'il voyait ce garçon que fut son père et dont il n'avait pas une seule image concrète. Il s'était fait ainsi des souvenirs de bonheur par procuration et il aimait qu'Arthur les évoque. Il le sollicitait : « Dis Arthur ! Raconte-moi quand vous alliez poser des pièges avec papa pour attraper des grives... » Le meilleur pour lui était cette période de son enfance car une seconde et effroyable blessure était venue, qui l'avait anéanti.

Il n'était pas du genre « fouineur », même pas pour trouver la cachette des friandises que sa mère protégeait de la gourmandise de ses deux hommes, mais un jour, un jour funeste, remarquant que le petit tiroir du secrétaire de sa mère était mal fermé, il le poussa mais celui-ci résista, réagissant comme un ressort. Il le retira donc pour voir ce qui en empêchait la fermeture : c'était une lettre qui avait sûrement glissé du tiroir supérieur et s'était pliée sous l'effet de ses poussées répétitives. Il essaya de redonner à cette lettre une forme convenable en contrariant la grosse pliure qui l'avait transformée en ressort. En l'observant, il se dit qu'elle avait été certainement maintes fois ouverte et repliée dans son enveloppe et qu'elle devait être précieuse pour se retrouver dans ce secrétaire. Machinalement il la retourna et lut l'adresse : *Monsieur Tilniac Léon.* Tout aussi machinalement il l'ouvrit, puisqu'elle n'était pas destinée à sa mère mais à son grand-père ; il ne commettait donc pas une indiscrétion.

Il ne comprit pas tout de suite les propos de cette lettre. Il alla voir directement celui qui en était l'auteur : « *Ton fils Pierre* », et puis il remarqua qu'il y avait encore quelques lignes après la signature, qui commençaient par : « *À toi ma Juliette...* » Il comprenait que c'était une lettre que son père avait écrite à Léon, son père, et qu'il avait ajouté quelques lignes pour sa femme. Cela lui sembla curieux ; en effet il aurait pu faire deux lettres ; son père n'avait pas besoin de savoir ce qu'il écrivait à sa femme... Il revint donc à sa lecture.

« *Mon cher père, un bien grand malheur m'amène à te dire adieu car les hommes, ici, ont jugé d'autres hommes et les ont condamnés parce qu'ils ont failli, disent-ils. Mais cela n'est pas vrai. Les jours et les jours de misère et de mort, de privation et de froid, de douleur et de peur, nous les avons tous vécus et nous voulons la paix, la paix tout simplement. Demain je dormirai pour toujours et mes pensées vont à vous deux, à toi et à Juliette. Je pense à l'enfant qu'elle porte et au malheur qui*

lui est destiné. Pardon de vous faire tant de peine. Je vous aime.
Ton fils Pierre.

À toi ma Juliette. Quand tu liras ces mots à mon père tout sera fini pour moi mais j'aurai vécu le meilleur de ma vie dans tes bras, chaque jour que Dieu a fait avant cette terrible destinée qui m'a éloigné de toi. Tout de suite mes pensées vont vers toi, je cours vers toi, j'ai hâte de te retrouver, de te surprendre devant ton fourneau, de te couvrir de baisers et de t'emmener au bout de la maison en goûtant ton grand rire de joie. Adieu ma Juliette, prends soin de toi et de notre enfant. Je t'embrasse ma Juliette, je penserai à toi jusqu'à l'ultime seconde.
Ton Pierre. »

Pierre aujourd'hui, assis sur ce casier à bouteilles dans l'humidité de cette cave, comprenait Arthur et l'excusait pour ce mensonge qui était plutôt une maladresse. Il l'excusait d'autant plus qu'il avait été odieux, bien plus tard, lorsqu'il avait découvert la vérité sur la mort tragique de son père. Ses paroles lui revenaient comme un remords : « Dis que c'est toi qui l'as tué, dis que tu as sa mort sur la conscience ! »

Il tenait son fusil entre les jambes et caressait l'extrémité ronde et froide du canon comme on passe sa langue sur ses lèvres ; alors il ferma les yeux : on les lui avait bandés. Il voyait les gueules des armes, petits trous ronds et noirs dirigés sur lui et qui dans un claquement sec cracheraient la mort. L'odeur de la poudre serait l'encens. Il ne pouvait s'arracher à ces pensées funestes. L'odeur de cette cave était l'odeur des geôles où le destin se profile dans la lumière de la porte qui s'ouvre sur le petit matin, lumière gorgée de soleil et de chant d'oiseaux, comme une impertinente révérence de la vie à la mort qui attend le condamné.

Et ce jour d'août, le soleil clair et chaud rayonnait avec une sublime force et se frayait un chemin jusqu'au seuil de la porte de cette cave sombre. Elle exhalait un parfum de terre et d'iode que l'air marin, chauffé par le soleil, amenait jusqu'ici. Il jouait et dansait à travers l'enchevêtrement de planches et de débris de bois, dévalant l'escalier de briques autrefois rouges et maintenant recouvertes de poussière et de plâtre.

Que faisait-il ici ? La mort avait fauché beaucoup de ses compagnons d'armes et l'avait épargné ; il se demandait bien comment il était passé au travers, fonçant, courbé, hurlant, sa baïonnette lançant des éclairs, tirant devant, le cœur palpitant de terreur… Toutes ces choses revenaient, la peur qui mord les entrailles, la force qui propulse en avant et l'espoir insensé de s'en sortir : les balles, c'est pour les autres… !

Et ces deux enfants qui jouaient à la guerre… en pleine guerre. Arthur et son père auraient-ils été différents ? Il lui semblait avoir sauté un épisode, être d'un autre âge : son père et Arthur étaient des enfants et lui, ici, était leur père… Il passa la main sous l'écharpe qui lui maintenait le bras et se frotta la poitrine, là, à la place du cœur… Une brûlure ? Une pensée qui s'insinue et fait son lit ? Il se sentait un peu inutile sur ce sol et incapable de tenir la promesse qu'il s'était faite : retrouver la tombe de son père, qu'Arthur lui avait décrite avec tant de précision qu'il avait la certitude d'aller droit vers elle et de la reconnaître.

S'était-il engagé seulement pour cela ?

Arthur avait mis bien longtemps avant de lui parler de la tombe de son père, les faits ayant amené les hommes à se mutiner avaient été plus simples à exprimer, c'était l'affaire de tous et le malheur en avait choisi trois, trois seulement. Pierre était déjà presque un homme lorsqu'il avait découvert la dernière lettre de son père et Arthur, qui avait su laisser passer les mots de révolte et de reproches, s'était adressé à lui comme à un homme.

— Nous n'étions guère plus âgés que toi et nous avions encore la tête pleine des flonflons du bal du 14 juillet et du parfum des filles que nous faisions danser. C'était le temps des premières amourettes et des courses dans les prés, lorsque l'herbe haute se courbe en libérant les papillons et les sauterelles.

Il revoyait Arthur, les trois Arthur qu'il avait connus : « Arthur-papa », celui du temps de l'insouciance, « Arthur-menteur » soulagé d'avouer qu'il n'était pas son père, et « Arthur-révolté » qui n'avait pu parler, gardant sa douleur, mais qui avait su dire les choses horribles de ce matin d'avril 1917.

L'injustice avait éclaté dans le cœur de Pierre : il devait tout faire pour laver le déshonneur qui flétrissait la mémoire de son père. Arthur avait dit que c'était injuste, qu'il était victime, qu'il ne méritait pas cela, qu'il était innocent, que tous auraient pu être à sa place… Il fallait laver ce déshonneur, il fallait réhabiliter cet homme, ces hommes… Alors, ce jour-là, il décida qu'il serait avocat, un grand avocat, pour défendre les innocents, pour redonner à son père l'honneur qu'il avait perdu, l'honneur qu'on lui avait volé.

Et Pierre, qui était bon élève, mit encore plus d'ardeur. Arthur en était conscient et flatté car il veillait attentivement sur lui. Il devait entendre encore les paroles de son propre père s'adressant à Pierre, lui demandant s'il avait de bonnes notes et terminant son propos par « C'est pas Arthur qui me ferait l'honneur d'être le meilleur de la classe ! » Et « Petit Pierre » devenu Pierre, le jour où la vérité se fit sur son passé, fit honneur à son père, à sa mère et à Arthur en travaillant bien à l'école.

Alors, vint le temps de l'éloignement de la maison pour le collège et la ville. Il se rendit compte qu'il avait eu un peu de peine à quitter Émilie, la fille des Leblanc, leurs voisins et amis de toujours. Émilie avec qui il avait été élevé et qui était pour ainsi dire une petite sœur, mais une petite sœur devenue une jeune fille et qui ne le regardait plus vraiment comme un frère.

Il en prenait conscience aujourd'hui, assis sur ce casier à bouteilles, dans l'obscurité à laquelle il avait fini par s'habituer. Il lui avait écrit, au début, puis encore une ou deux fois lorsqu'il était parti pour la guerre. À quand remontait sa dernière lettre, la dernière lettre qu'il avait reçue d'elle et à laquelle il n'avait pas répondu ?… Cela lui sembla une éternité, une éternité qui finit dans l'oubli. Pourtant l'éternité, c'est quand ça ne finit pas…

L'entrée en guerre avait ranimé l'opposition à la conscription. Il fit cependant partie des premiers volontaires. Il fallait qu'il parte, qu'il aille là-bas, qu'il retrouve la tombe de son père, qu'il redresse la croix de bois que les herbes et le vent avaient certainement couchée… Il avait une raison que les autres n'avaient pas, une raison qu'il ne pouvait révéler mais qu'il exprimait en disant « Je suis aussi Français ! » Quelques-uns avouaient qu'en s'engageant ils touchaient ainsi leur première paie... Et il se sentait souvent étranger aux beuveries et aux bagarres qui immanquablement les ponctuaient, quand les hommes n'ont rien d'autre à faire qu'attendre ; et l'attente fut longue, des mois et des mois avant qu'on ne les envoie pour ce raid sur Dieppe... C'était le 6 juillet, le temps était devenu très mauvais, ils étaient restés quatre ou cinq jours dans des bateaux et l'opération avait été annulée. L'effervescence était grande parmi les hommes qui parlaient de leur entraînement, de l'attente, de l'objectif. « Opération Jubilee » ils l'ont appelée... Drôle de palmarès, drôle de célébration... Et quand l'ordre était arrivé, le 18 août, il s'était retrouvé à bord d'un bâtiment qui transportait les chalands de débarquement. La mer était calme, il faisait beau... Et puis, comme il l'avait raconté aux deux gamins, il lui avait semblé que tout était allé très vite. Pourtant l'enfer avait duré cinq heures...

Maintenant qu'il était là, assis sur ce casier à bouteilles, un bras cassé, à la merci de deux enfants qui jouaient à la guerre quand dehors les ordres et le bruit de bottes sentaient le malheur et l'enfer, il se rendait compte de sa folie. Que dirait-il à Émilie ? Il avait brusquement envie de lui écrire, de retrouver tout ce qui s'était construit autour d'eux, à la mesure du temps de l'enfance, petit à petit, sans crier gare et qui, il ne savait pourquoi, faisait surface aujourd'hui. Était-ce la présence de ces deux enfants délurés et insouciants qui ranimait sa propre enfance ?

Paul et Jacquot avaient réussi à prévenir les ouvriers du chantier. Eux-mêmes étaient entrés en relation avec un membre d'un réseau de résistants. Ils étaient venus avec un véhicule, muni d'une énorme chaudière sur le côté alimentée en bois.

— C'est un gazogène, avait dit l'un des hommes, remarquant l'étonnement de Pierre. Ça fonctionne au bois parce qu'il n'y a pas d'essence…

Pierre tenta d'expliquer qu'il avait de la famille, près d'ici et que, si cela était possible, on pourrait les prévenir, ou même les voir. Les hommes ne pouvaient s'engager dans une telle affaire. Ils avaient des ordres et la récupération des soldats alliés et leur évacuation vers l'Angleterre étaient assez compliquées pour ne pas en rajouter. Il se rendit à l'évidence et se laissa conduire.

Il ne vit donc pas sa famille de Normandie et la maison de son père… Il fut évacué après qu'on l'eût soigné convenablement et les choses recommencèrent : entraînement, changement de cantonnement, attente, jusqu'au jour « J ».

La plage était de sable cette fois-ci et son camarade qui n'avait pas apprécié les galets de Dieppe n'était plus là pour crier « C'est bon ! c'est pas des cailloux ! » L'heure était grave et la première pensée qui lui était venue avait été pour ce pauvre gars…

XIII

Mort en brave

La grande aventure continuait pour Pierre et après des semaines et des semaines, il sentait qu'il s'approchait de l'endroit où son père était tombé… Il se sentait guidé, mené par une main invisible. Il fallait être patient. La Marne, c'était à l'est et la progression de son détachement allait dans cette direction. Oh, bien sûr il eut quelques inquiétudes car le chemin n'allait pas tout droit, il virait parfois vers le nord, ou revenait vers l'ouest…

Arthur avait été très précis dans sa description des lieux, il touchait au but… Ils allaient dans la direction de l'Aisne. Il faudrait approcher cette rivière, mais il ne fallait pas la passer. Et soudain : une pancarte restée debout au carrefour d'une petite route indiquant la direction de Pontavert. Il y était. La plaine bordée de collines ponctuées de bosquets au vert plus sombre, partagée entre champs de betteraves, chaumes cassants et crissant au milieu desquels trônaient encore quelques bottes de paille et pâtures où les ronces et les épineux tenaient lieu de clôture. Il guettait le prochain village ou le prochain hameau. Arthur avait dit un hameau. Il ne savait pas trop ce que cela voulait dire exactement, un hameau. Arthur avait dit quelques maisons, une auberge, un petit pont et une rivière.

Ils y étaient, c'était là !... Pierre sentait cela comme une évidence qui n'avait rien à voir avec la chance, ou le hasard. Sans aucun doute une main invisible guidait bien tous ces hommes vers ce lieu tant espéré...

Et là, au détour d'une ligne de peupliers frémissant d'où s'envolèrent une nuée de corbeaux sinistres, quelques maisons, une auberge dont l'enseigne fatiguée battait au vent de la plaine. Le hameau lui apparut comme il se l'était représenté, comme une photo.

Il ne savait plus quoi faire, il était paralysé par l'émotion, il n'entendait plus, il ne voyait plus, il ne vivait plus... Il lui fallut un long moment pour reprendre ses esprits.

Les habitués de la bouteille avaient tout de suite repéré l'auberge et en avaient fait l'assaut. Emporté par le flot il avait suivi et s'était retrouvé devant un comptoir de zinc martyrisé par tant de coups que les verres tremblaient sur les bosses faisant briller dans les rayons du soleil, le vin rouge et le vin blanc. La serveuse, qui se démenait avec aisance au milieu de cette soldatesque dont le seul souci, maintenant, était de boire et de boire à s'en saouler pleinement, gardait un sourire imperturbable. Elle ne comprenait pas tout ce que ces hommes demandaient, elle devinait leurs plaisanteries douteuses, elle les lisait dans leurs yeux. Elle était mignonne et respirait la vie. Elle devait avoir une quarantaine d'années, peut-être plus, qu'elle dissimulait sous le fard et le sourire. Elle avait peut-être connu l'autre guerre, celle qu'on appelle la « Grande Guerre », celle qui était grande, sans doute, parce qu'elle avait dévoré des millions d'hommes.

Pierre n'eut de cesse de lui demander si elle était là depuis longtemps, si elle n'avait pas connu l'autre guerre. Il s'arrangea pour rester lorsque les autres, gavés de vin, eurent regagné l'ombrage de la place où ils s'affalèrent. On avait établi le bivouac dans ce hameau et Pierre sentit encore la main du destin l'effleurer.

Non seulement la serveuse avait connu l'autre guerre mais elle était dans l'auberge. Elle devait être bien jeune à cette époque-là, à peine vingt ans, peut-être moins, oui, sans doute moins… Pierre calcula rapidement : elle devait avoir entre quarante-cinq et quarante-huit ans… Il opta pour quarante-cinq, son sourire permanent et l'éclat de ses yeux malicieux lui donnaient un air encore très jeune… Pierre entreprit de connaître ce qui s'était passé dans la vie de ce village où des compagnies étaient repliées avant de monter au front. Il lui fut aisé d'amener la conversation sur les mutineries d'avril 1917 et les exécutions. Le sourire de la serveuse se figea. Elle changea de sujet, parlant de l'armée allemande qui avait fui, des Américains qui étaient accueillis partout à bras ouverts, de la liberté retrouvée… Pierre aurait voulu en savoir plus, il parla d'Arthur, dont elle ne se souvenait pas. La serveuse avait repris son travail ou s'occupait les mains à astiquer son comptoir, rangeait quelques bouteilles qui n'avaient pas besoin d'être déplacées, essuyait des verres propres, allait et venait, voulant visiblement ignorer sa présence. Mais Pierre insistait.

— Arthur, dont je vous ai parlé, m'a tout raconté et je voudrais retrouver les tombes. Il m'a dit à la sortie du village, une petite route de terre, un pont et au bout une ferme, un vallon descendant vers la rivière, des peupliers, trois tas de cailloux ronds et blancs, trois croix de bois et sur chacune, martelé sur le cuivre d'une douille d'obus : MORT EN BRAVE.

— C'est juste après l'auberge, c'est à trois cents mètres…

Elle avait dit cela d'une voix blanche, contrariée, comme à regret, une façon de dire ne m'en demandez pas davantage, je ne sais rien de plus… Pierre la remercia et quitta l'auberge après lui avoir demandé la direction qu'il devait prendre pour rejoindre cette route de terre et ce pont… Le reste il saurait le trouver ! Elle le regarda s'éloigner ; il n'osa se retourner. Il venait sans doute de réveiller des souvenirs douloureux pour cette femme dont il ignorait l'existence hier encore. Il voulut oublier cela.

Il reconnut le chemin de terre, le petit pont sur le ruisseau et la ferme tout au bout comme les avait décrits Arthur. Il se dirigeait vers le vallon qu'il avait tant de fois imaginé, herbeux et couvert de rosée le matin, sentant le foin coupé au printemps… Au sommet de la butte il découvrit la pente vers le vieux bâtiment de pierre, là où devaient se tenir les suppliciés… Il s'arrêta longuement devant le mur de pierres et de moellons de silex, cherchant à reconnaître l'endroit où les trois hommes avaient dû se tenir. Il cherchait à hauteur d'homme, à hauteur de poitrine. Il était prêt à abandonner lorsqu'il remarqua des traces semblables à ce qu'il cherchait, à deux mètres l'une de l'autre, mais celles-ci se situaient à peine à cinquante centimètres du pied du mur. Cela ne pouvait être l'endroit du supplice. Il ne savait pas,

Arthur n'ayant pas eu la force de lui dire que les condamnés avaient été fusillés à genoux. Il restait perplexe devant ce mur et finit par se convaincre que c'était bien ce qu'il cherchait et qu'on avait dû remblayer les abords de la ferme et ainsi rehausser le talus qui bordait le mur. Il fut satisfait de cela et regardant les meurtrissures dans la pierre blanchâtre, la tête lui tourna un peu. Dans le silence de ce vallon, devant ce mur que le soleil avait chauffé tout le jour et qui renvoyait sa chaleur comme celle de la vie qui s'était tenue là, raidie dans la peur de l'ordre fatal, l'angoisse l'étreignit. Il avait tant de fois imaginé l'implacable logique de cette misérable mise en scène qu'il lui semblait entendre les ordres, le claquement des armes, les trois coups séparés scellant définitivement l'acte d'horreur. Et les corps, un instant, lui semblèrent encore présents, écroulés sur eux-mêmes, la tête sanglée d'un bandeau, les mains liées derrière le dos… Il eut soudain très froid… et détourna les yeux dans un réflexe qui chasse l'horreur.

Son regard se portait maintenant vers les peupliers. Ils étaient toujours là, ou c'était sans doute d'autres arbres, car Arthur avait dit qu'ils étaient déchiquetés par les balles et les obus et qu'ils avaient été abattus pour faire du bois afin d'étayer les casemates et les boyaux des tranchées. Le vallon était envahi par les orties et les ronces ; les bouleaux avaient repris possession de l'espace.

« C'est la forêt primaire », disait Arthur lorsqu'il parlait des bouleaux. Pierre se dirigea vers les peupliers. Il remarqua, partant du chemin caillouteux, une trace coupant les hautes herbes et qui avait dû être façonnée jour après jour par des pas légers, car il dut s'y engager en marchant comme un funambule sur son fil. Les herbes, gardiennes des lieux, refermaient l'espace que l'intrus violait. Le sentier menait tout droit sur les premiers bouleaux, l'herbe était moins drue et la trace disparaissait. Il la perdit et dut se frayer un passage en écartant bouleaux et ronces. Il se rendit à l'évidence, il n'était plus sur le sentier, alors il rebroussa chemin pour retrouver la trace. Il aurait pu faire lui-même sa route puisqu'il voyait bien la ligne de peupliers, ce n'étaient pas quelques ronces qui l'en auraient empêché mais ce sentier l'intriguait. Il le retrouva aisément et s'appliqua à le suivre. Il scrutait mètre par mètre et soudain, comme arrivant vers lui, une minuscule et étrange clairière que les rameaux des arbres dissimulaient en se rejoignant apparut. Son émotion fut intense et retentit dans sa tête et dans son cœur : là, devant lui, trois tombes aux galets blancs fleuries chacune d'un petit bouquet de fleurs des champs. Les croix étaient là ainsi que les plaques de cuivre qu'Arthur avait gravées, oxydées certes, mais sur lesquelles on pouvait encore aisément lire : MORT EN BRAVE. Il les lut toutes les trois ; c'était trois fois la même chose, mais il voulait ainsi être sûr d'avoir lu celle de son père. Il ne savait guère prier, alors ce fut sa prière.

Pierre comprit que c'était sans doute là l'œuvre de la jeune femme de l'auberge.

De retour à l'auberge, la servante lui confia en effet qu'elle avait toujours entretenu les tombes dès l'abandon par les soldats du cantonnement installé dans la ferme.

Très vite les bouleaux avaient envahi le vallon. Il ne fallait pas que la forêt efface le souvenir maudit et emporte la mémoire de ces trois hommes ; elle y avait veillé, arrachant les ronces et les jeunes pousses de bouleaux autour des tombes, se piquant aux orties.

— Les orties, c'était pénitence !

Elle demeurait la seule à savoir tout de cette tragédie ; les anciens patrons de l'auberge étaient partis, les nouveaux venaient de Bretagne ; il restait peut-être quelques habitants du hameau qui avaient entendu parler de cette affaire mais elle en doutait ; le silence était tombé certainement pour toujours et comme elle le dit avec le bon sens qui semblait lui être naturel :

— Par les temps qui courent, les gens ont autre chose à penser.

Et d'ajouter comme une pensée qui affleure et nous échappe :

— Pour moi il y a toujours le bruit de la guerre, de l'autre, de celle qu'ils appellent « la Grande Guerre », et c'est le grondement de l'enfer des hommes !

La serveuse lui confia alors qu'elle connaissait bien ceux qui avaient été fusillés, surtout un nommé Pierre…

Pierre ressentit un coup violent au cœur, un coup de poing, un coup d'amour. Elle avait connu son père… Il ne savait comment la questionner davantage, ce fut la jeune femme qui répondit aux questions qu'il ne posait pas. Elle lui confia que les trois hommes qui avaient été fusillés venaient à l'auberge. Elle désignait un coin de la salle :

— Souvent ils s'asseyaient là et discutaient avec passion, surtout l'un d'eux.

— Anselme ?

— Oui, Anselme ! Mais comment vous le connaissez ?

— Je ne le connais pas ! J'ai entendu parler de lui, c'est tout ! Mais il devait y en avoir un autre qui s'appelait Arthur, je vous en ai parlé tout à l'heure !

— Ce nom ne me dit rien ! Il venait peut-être aussi… Je ne connaissais pas tout le monde, seulement presque tous… En tout cas il n'était jamais avec les trois !

Et elle poursuivit.

— Celui qui s'appelait Pierre a oublié quelque chose la dernière fois qu'il est venu… Sa montre ! C'était deux ou trois semaines avant le drame !

En disant cela, une ombre de tristesse passa dans ses yeux, le sourire, une fois de plus, s'était envolé. Pierre l'observait. Que savait cette femme sur son père, comment avait-il pu oublier sa montre ?

Il n'osa pas lui demander de préciser s'il avait oublié ou perdu cette montre… C'était possible de la perdre, mais elle aurait dit « J'ai retrouvé sa montre dans l'auberge, ici, là… » Oublier, c'est autre chose… Il fallait qu'il ait ôté la chaîne et posé le tout quelque part. Il imaginait aisément la situation. Le souvenir de son père restait présent dans cette auberge, dans le secret d'une montre peut-être encore posée sur une table de nuit… dans une chambre de serveuse ! Il regardait la jeune femme intensément et celle-ci, gênée détourna le regard. Voulait-elle retenir une larme ? Elle reprit son sourire habituel et lui demanda :

— Mais pourquoi vous intéressez-vous à cet homme ?

— C'est mon père !

Elle ne sembla pas tout à fait comprendre et eut besoin de lui demander :

— Vous dites que vous êtes le fils de Pierre, de Pierre qui a été fusillé ?

— Oui !... Et je m'appelle aussi Pierre ! Arthur, dont je vous ai parlé, m'a tout raconté. Voilà, je suis au bout du chemin...

Le silence s'était fait, qu'elle rompit par un :

— Je vais chercher la montre, elle vous revient !

— Non ! Gardez-la ! Vous l'avez depuis plus longtemps qu'il ne l'a eue lui-même.

— Non, je n'ai plus le droit de la garder !

Pierre observait avec attention le décor de cette auberge perdue dans la campagne où il croisait le chemin de son père, l'imaginant, assis ici, peut-être là, debout au comptoir, accoudé, le calot légèrement sur le côté, comme sur la photo qu'il avait vue dans le tiroir de la commode de sa mère, une photo qu'elle n'avait pas voulu exposer sur la cheminée. Elle avait choisi une photo où Pierre posait avec elle quelques jours avant leur mariage...

Perdu dans ses rêveries il n'avait pas remarqué que la jeune femme était revenue et lui tendait la montre comme on tient un pendule... Il la prit et l'argent, froid et lisse dans sa main, le ramena à la mort. Il eût préféré qu'elle ait un instant tenu l'objet dans sa main et ainsi communiqué un peu de chaleur. Elle lâcha la chaîne qui, coulant comme une goutte froide, s'enroula un instant autour de son poignet pour pendre dans le vide.

Pendant que Pierre observait la montre et effleurait le gros bouton strié, n'osant l'actionner pour remonter le mécanisme et lui redonner vie, la jeune femme s'était dirigée vers un coin de la petite salle du bistrot ; là où elle avait dit que les trois hommes s'installaient pour discuter. Au-dessus du banc sur lequel elle grimpa avec légèreté, elle souleva une gravure représentant le Mont-Saint-Michel, le pays des nouveaux patrons et découvrit une feuille à peine plus petite que la gravure qui la dissimulait. Elle la maintint soulevée afin que Pierre puisse l'observer.

Alors il lut :

Souvenez-vous
Ici sont venus
Pour la dernière fois
Anselme, Pierre et Charles
Tous les trois sacrifiés
Parce qu'ils avaient dit non
À l'absurdité de la guerre
C'était en avril 1917

— Personne ne veut graver une plaque et de toute manière le patron n'accepterait jamais que je la place ici, alors j'ai pris sur moi d'écrire cela et de le cacher sous le Mont-Saint-Michel, mais j'aimerais bien que chaque visiteur puisse le lire et emporte un peu du souvenir de ces malheureux.

Et elle poursuivit :

— Je n'ai pas précisé le jour de leur dernière visite car je n'en étais pas sûre et je n'ai pas mis leur nom, car je ne les connaissais que par leur prénom. Pour la date, j'aurais pu mettre la date de leur mort, mais c'était trop dur... Je voulais seulement dire qu'un jour d'avril, ici, ils buvaient et discutaient, bien vivants et plein d'espoir... Vous voyez, j'étais là et je ne sais pas tout, alors, à dix lieues, à cent lieues, à cent ans, qui saura jamais ?

— Maintenant nous agirons ensemble pour laver leur honneur !

Pierre venait de prononcer sa première déclaration de guerre. Il ajouta en regardant l'inscription :

— Pour eux, pour ma mère, pour vous, pour moi...

Il avait oublié Arthur ; ce n'est que plus tard qu'il en prit conscience.

La servante s'éclipsa un court instant et revint tenant quelque chose à la main, qu'elle tendit à Pierre. C'était une feuille de papier de soie pliée comme une enveloppe :

— Ceci était dans la montre de votre père, ce doit être votre mère !

Elle se sentit gênée de présenter cette photo enlevée de la montre et reléguée dans une enveloppe en papier de soie. Ils échangèrent un regard chargé d'une intense émotion. Dans celui de Pierre étaient passés la gratitude, la compréhension, la tendresse pour cette femme si généreuse et si fidèle à son amour perdu.

La jeune femme avait lu ce qui était passé dans le regard de Pierre ; elle gardait le silence, déjà reprise sans doute par des pensées qu'elle gardait en elle et qu'elle pouvait faire revivre à tout moment ; rien n'était enfoui, tout était là, à fleur de souvenir, à fleur de peau.

Des clients étaient entrés, dans un tonitruant :

— Bonjour la compagnie !

Elle avait regagné son comptoir, répondant au bonjour des deux hommes. Elle avait retrouvé son visage enjoué et le sourire de sa voix illuminait à nouveau ce petit bistrot perdu, embarcation fragile dans l'immense océan de chaumes et de terres brunes où la furie des hommes avait, ô combien, surpassé celle des éléments.

Pierre l'observait. Elle avait repris les gestes habituels, elle semblait une autre, il en était soudain inquiet, presque fâché, venait-elle de tourner la page en lui remettant cette montre et cette photo ? Voulait-elle tout oublier ? Non cela ne pouvait être. Il l'observait toujours et, les clients servis et apparemment satisfaits, son regard attendri se perdit dans la plaine qui s'étale par la fenêtre, par la fenêtre où l'on peut voir venir l'autre, l'attendu, l'espéré. Pierre éprouva un sentiment presque d'amour pour cette femme dont il ignorait toujours le nom. Il n'osait lui demander, il se trouvait incivil de ne pas s'en être enquis. Heureusement les deux hommes, ayant fini leur verre, sortirent en lançant :

— Bien le bonsoir Susy ! et, à son adresse : Bien le bonsoir monsieur le militaire !

Ainsi elle s'appelait Susy.

Susy les avait regardés s'en aller, immobile derrière son comptoir, les mains posées à plat sur le zinc. La clochette de la porte avait gardé longtemps son ondulation de diapason et les rayons du soleil un instant dérangés par les deux hommes vibraient dans l'air.

Pierre observait toujours Susy. Son visage était grave, elle s'avança vers lui dans ce coin du bistrot, là où les trois hommes avaient coutume de s'installer.

Elle venait vers eux, lentement, légère, effleurant le sol dans un silence que seules quelques mouches osaient troubler. Elle regardait intensément Pierre qui sentait le sang cogner à ses tempes.

— Il faisait beau ce matin-là... C'était déjà visible aux premiers rayons du jour, ce n'est pas fréquent en avril. Moi, je ne sentais même pas l'air frais et piquant. Je suis sortie dans la cour et j'ai regardé dans la direction du cantonnement. Ils étaient nombreux dans ce cantonnement et ce n'était pas très loin, mais on n'entendait rien. Peut-être que le vent n'était pas favorable. Je me demandais si je ne rêvais pas debout, si tout ce que je savais et qui allait se dérouler n'était qu'illusion. J'ai attendu, le cœur déchiré…

La jeune femme s'était arrêtée. Son visage ruisselait de larmes mais elle ne sanglotait pas, sa voix restait calme. Elle avait besoin de combattre sa souffrance pour continuer. Elle n'avait jamais parlé de cela à personne et sa douleur, gardée depuis si longtemps, se libérait peut-être pour la première fois.

— À 6 heures, précisément, la salve a claqué. Je l'ai entendue résonner à l'infini, portée par le vent ; et puis trois coups secs, séparés ; je savais ce que cela signifiait car des hommes avaient évoqué la chose en plaisantant. Les corbeaux avaient fui, eux qui sont pourtant macabres.

Elle n'avait pas essuyé les larmes, elle n'avait pas retenu la source de son émotion.

La guerre continuait, il en attendait la fin ; il avait livré la sienne, du moins la première bataille…

La victoire était célébrée partout. Partout les drapeaux alliés flottaient, partout les gens dansaient et fêtaient les vainqueurs.

De retour chez lui, Pierre trouva Arthur à l'agonie. Les séquelles des gaz dans les tranchées et la rigueur du climat avaient eu raison de sa santé.

Pierre n'eut pas la force de lui demander pourquoi il n'était pas avec son père lorsque celui-ci allait à l'auberge, ce fut Arthur qui fit le pas. Il lui avoua sa petite forfaiture d'enfant qui fit que les deux inséparables dont il avait parlé avec tant d'enthousiasme ne s'étaient plus adressé la parole depuis l'âge de douze ans… Il avoua cette petite « saloperie », son premier mensonge. Et il était convaincu que cela avait été fatal au destin de Pierre, son demi-frère. On lui avait volé un père, il avait perdu la confiance de son maître et n'avait pu devenir celui qu'il aurait pu être ; on lui avait arraché sa vie et son honneur dans un vallon triste du côté de la Marne…

Arthur n'eut pas la force de demander pardon à ce fils.

Il l'avait élevé et choyé pour réparer sa faute sans jamais l'avouer.

Avait-il entendu la voix de Pierre lui dire : *« Arthur ! Dis que c'est toi ! »*

Table des matières

Imprimé en U.E.
Dépôt légal : juillet 2021
ISBN : 978-2-8129-2835-2
ISSN : 1627-6779

www.deboree.com
livres@centrefrance.com